KB181562

나   의
아름다운
성당기행

나 의
아름다운
성당기행

조은강 지음

황소자리

오래되고 아름다운 성당이라고 하면 누구나 유럽 어느 곳을 떠올릴 것이다. 나 역시 그랬다.

우리나라 어딜 가든 사찰은 보여도 성당이 눈에 띈 적은 없었다. 영화 속에서 아름다운 성당을 보면 "참 잘도 찾아냈구나!" 감탄만 했다. 내가 그 성당들을 찾아다니게 될 줄은 정말 몰랐다. '보이지 않는 무엇인가를 보려고 노력하는 일'이란 생에 찌든 마음과는 어울리지 않았으니까. 손에 잡히는 이익이 아닌 종교나 신앙 따위는 부담스럽고 골치 아픈 사치에 불과했다.

그랬던 내게 딱 한 번, 잊을 수 없는 경험이 있었다.

몇 년 전, 회사일로 처음 소송이라는 것에 연루되었다. 법정과 경찰서를 오가며 나와 무관하다고 믿었던 세상과 접해야 했다. 내 안의 선의가 전혀 받아들여지지 않고 그렇다고 속시원하게 싸울 수도 없는,

그야말로 맥이 탁 풀리는 한계의 순간들이었다. 나는 이 상황을 떠안은 채 서서히 침몰해가고 있었다.

원래 나는 베개에 머리를 대면 바로 잠들던 스타일이었다. 잠자리가 바뀌었다고 곤란을 겪은 적도 없었다. 그런데 어느 날부터인가 이게 뜻대로 되지 않았다. 아, 어떻게 잤었지? 그냥 눈을 감고 있으면 되나? 점점 더 정신이 맑아지는걸? 어떻게 하지? 마치 숨 쉬는 방법을 처음 배우는 사람처럼 나는 잠드는 방법에 대해 어색하게 고민해야 했다. 난생 처음 겪는 불면증에 심신이 지쳐갔다. 그러다가 문득 이 모든 번뇌 가득한 집과 회사를 떠나면 잠들 수 있을지 모른다는 생각이 들었다. 나는 얄팍한 지갑을 쥔 채 혼자 오사카로 떠났다.

하필이면 크리스마스이브. 모두가 들떠 있는 시간에 나는 홀로 초라했다. 연인들이 바글바글한 대로변을 피해 외진 골목길로 숨어들었다. 뭔가 해명되지 않은 채 꼬여가는 내 삶의 그림자를 떠올리며 그렇게 골목 깊숙이, 깊숙이 걸어가고 있을 때였다.

막다른 골목 끝에 있는 신사神社에서 양복 입은 한 남자가 두 손을 모으고 조용히 기도하는 모습이 보였다. 신사라… 종교라고 인정할 수도 없는 섬나라의 무속이라며 폄하하고 있었는데, 그의 앞에서는 차마 그럴 수가 없었다. 그는 진지하고 순수했다. 고단한 자기 삶을 드러내 보이며 희망을 달라고 절대자에게 청하고 있었다. 골목 저편이 아무리 떠들썩해도 그의 평화와 고요는 훼손되지 않았다. 나는 걸음을 멈추고 그 모습을 한참 바라보았다. 그리고 그 남자의 단정한 어깨 위로 달빛이 반짝일 때, 나도 모르게 눈물을 흘리고 말았다. 비록 신사 앞에서일지라도 기도할 수 있는 그가 너무도 부러웠다.

가톨릭 세례도 받았고, 철학공부도 했다면서 나는 한 번도 내 하느님에게 '나, 힘들어요! 어떻게 하면 좋아요?'라고 매달린 적이 없었다. 울지 않으면 이기는 줄 알았고, 내색하지 않으면 고통이 사라진다고 믿었다. 그래놓고 결코 어리다고 할 수 없는 나이에 홀로 이국의 거리를 헤매다가 남의 기도를 훔쳐보며 부러워만 하고 있는 것이었다. 그날 나는 처음으로 내 영혼이 쓴 가면 아래 맨얼굴을 본 것 같았다. 나는 스스로 생각했듯 그리 강하거나 독한 사람이 아니었다. 그저 모든 슬픔을 꾹꾹 참아왔을 뿐, 누구에게라도 기대어 눈물 흘리고 싶은 영혼이었다. 나에 대한 믿음 하나 있으면 종교 따위 없어도 된다던 나는 그날 밤 침대에 엎드려 어린아이처럼 울었다. 나도 힘들다고, 이렇게 살고 싶지 않다고.

그로부터 한참 뒤, 나는 산티아고 순례길을 걸었고, 그 경험을 책으로 썼다. 책을 낸 것이 처음은 아니었지만 이 일은 삶을 바꾸는 경계가 되었다. 그리고 어느 날 출판사 대표로부터 전국의 성당들을 찾아다녀보면 어떻겠느냐는 권유를 들었다. 산티아고 길에서 보이지 않는 섭리의 현존을 분명히 느끼긴 했지만 그것이 구체적인 신앙으로 내게 다가온 것은 아니었다. 교회로 돌아갈 의지는 전혀 없었다. 그런 내가 성당을 찾아다닌다니! 처음엔 망설였다. 그러다 문득 오사카에서의 그 밤이 떠올랐다. 그날 일은 내 삶에서 결핍된 것이 무엇인지 보여준 표지였다. 보이는 것에만 매달리는 일이 순탄한 삶을 약속하지 못한다는 사실을 나는 어렴풋이 감지할 수 있었다. 결국 60퍼센트의 기대와 40퍼센트의 망설임 속에 나는 새 직장을 찾는 대신 우리나라 곳곳에 숨어 있는 아름다운 성당을 찾아다니기 시작했다. 그 여정은 내가 강철 같은 가면 속에 꼭꼭 숨기고 있던 또 다른 나를 찾아가는 길이기도 했다.

그곳에서 나는 외람되게도 낭만을 보았다. 또 자신의 삶을 온전히 내어놓은 성직자의 신심을 보았다. 모든 허물이 제 탓이라고 읊조리는 소박한 신앙을 보았다. 여행자의 시선만으로도 충분히 느낄 수 있는 아름다움을 보았다. 그리고 어느 날 문득 내 안에서 오랫동안 엉켜 있던 실타래가 저절로 풀렸다.

인생의 한 지점에서 사람은 누구나 한 번쯤 주머니 뒤집듯 세상이 뒤바뀌는 경험을 하게 된다. 아무 일 없이 평온했던 어느 날 갑자기 그렇게 되기도 한다. 이 책을 다 읽은 당신도 문득 오래된 성당 앞에 혼자 서 있을 수도 있다.

이제 그 이야기를 시작해야겠다.

CONTENTS

전동성당

1

많은 사람들이 모여 오랜 세월 경건한 마음으로 기도를 바친 곳이라면 반드시 좋은 에너지가 넘쳐날 것이고, 새로운 삶을 기다리는 내 영혼에도 어떤 힘을 선사해주지 않을까? 그 힘을 받아 길고 길었던 방황을 끝낼 수 있길, 나는 간절히 바랐다.

#1. '약속'을 위해 떠나다

중요한 일은 '조용히' '혼자' 해야 한다. 그게 오랫동안 내가 지켜온 철칙이었다. 하지만 중요하면서 '가슴까지 설레는 일'을 조용히 혼자서 하기란 여간 힘든 것이 아니다. 나도 그 설렘을 참지 못했다. 결국 전동성당을 향해 떠나기 전 전주에서 살고 있는 후배 H에게 전화를 하고 말았다. 이제부터 중요한 여정을 시작할 것이며, 그 첫 번째 장소가 바로 네가 살고 있는 전주라고. 현실적이고 매사 담백한 그녀는 이렇게 말했다.

"잘 찾아오기나 하셔."

2008년 10월의 어느 아침, 날은 화창했다. 귀청이 터질 듯 음악을 크게 틀어놓고 엑셀을 밟았다. 인터넷에서 찾은 약도를 따라가다보면 전동성당을 찾을 수 있으리라.

전동성당을 첫 번째 목적지로 정한 데는 이유가 있었다. 오래 전 보았던 영화 〈약속〉 때문이었다. 그때 전동성당 안에서 눈물의 결혼식을 올리던 두 남녀를 보며 얼마나 울었던지. 사진으로 본 전동성당의 모습에 마음을 빼앗겨 DVD를 빌려다 영화를 다시 한 번 복습하기까지 했다. 영화의 여파인지 여행에 대한 설렘 때문인지, 전주행을 결정한 뒤 이상하게 마음 한켠이 애잔해지는 걸 어쩔 도리가 없었다. 나조차 정체를 알 수 없는 감정에 휘둘리다, 문득 기억 저편에 있던 두 사람의 얼굴을 떠올렸다. 내 정신세계의 틀을 잡아주신 N선생님과 영원히 스물한 살에 머물러 있을 J선배…….

　내가 존경했던 고등학교의 N선생님은 철학을 전공한 분이었다. 내가 철학과에 진학했다는 소식을 들으시고는 J선배의 이름을 알려주며 공부에 대해 조언을 구하라고 하셨다. 그후 강의실에서 "누구?" 하며 고개를 돌리는 J선배와 마주했을 때 나는 심장이 멎는 것만 같았다. 작은 키며 동글동글한 이미지며 눈만 반짝 빛나는 모습이 N선생님과 너무도 흡사했던 것이다.

　N선생님은 지금 생각해도 무척 특이한 분이다. N선생님은 자신의 고3 시절, '인생에서는 돈을 버는 게 가장 중요하다'고 말씀하시는 선생님 앞에서 '그게 교사로서 할 소리냐'며 책상을 치고 일어나 따지다가 매를 맞고 한 달 간 정학을 당하셨다고 한다. 그런 예사롭지 않은 경력은 교단에 선 뒤에도 이어졌다. 다른 선생님들이 경쟁에서 이기는 방법을 강조할 때, 그분은 노장철학을 바탕으로 '경쟁하지 않아도 되는' 인생론을 우리에게 심어주셨다. "언제나 진실을 향한 맑은 눈을 가져라, 항상 무엇이 진실인지 살펴봐라."

처음 보는 순간 깜짝 놀랐을 만큼 거
대하고 웅장한 모습의 전통성당. 도
심에 자리잡았으면서도 고유의 평온
함을 유지하고 있다. 성탄절을 앞두
고 찍은 사진이라 예쁜 별이 달렸다.

수업을 통해, 또 학교 1층과 2층 사이 층계참에 붙어 있던 그분의 작은 칠판을 통해 배운 이야기들은 내게 적잖은 영향을 끼쳤다. 다만 대학에 가거든 절대로 자신을 찾아오지 말라고 엄포를 내리셔서 다시 뵐수 없었는데, 여기서 도플갱어를 만나다니!

어떻게 N선생님이랑 이리도 닮았지? 성도 다르고 나이도 한참 차이나는네!

독신이던 N선생님의 숨겨놓은 아들인가, 먼 친척인가 골똘히 의심하던 나를 J선배는 학교 근처 독수리다방으로 데려갔다. 당시 독수리다방선 커피를 시키면 따끈하게 데운 말랑말랑한 롤빵을 함께 주었다. 하지만 나는 긴장해서 빵은커녕 커피도 입에 대지 못했다. 남자와 단둘이 찻집에 간 것은 처음이었으니까. 그때 나는 지지리도 말주변이 없었다. 대학에 입학하는 순간부터 바보가 된 듯이. 단 한마디도 이해하지 못했던 첫 논리학 수업처럼, 선배의 이야기도 해독 불가능한 암호마냥 느껴졌다.

그나마 기억에 남은 것은 스피노자 같은 생활방식을 좋아하고 칸트같은 철학체계를 세우고 싶다던 그의 말, 그리고 내가 혹시 독신주의냐고 묻자 "왜 혼자 살아요? 사랑하는 사람이 있으면 결혼해야지."라던 대답뿐이다. 그는 맑게 빛나는 눈으로 이런 말도 했다.

"난 행복해지기 위해 철학을 공부하는 거예요."

다른 선배들은 잔뜩 인상을 쓴 채 사회를 위해, 민중을 위해 지식인의 사명을 다해야 한다는 틀에 박힌 말을 했다. 그런데 남이 아닌 자신의 행복을 위해 공부한다고? 충격이었다. 이야기를 마치고 자리에서 일어서기 직전 그는 다시 한 번 내게 일격을 가했다. 이것 아니면 못산다 할 만큼 좋아하는 것이 무엇이냐고. 나는 머릿속이 하얘져서 어떤 대답도 하지 못했다. 무미건조하던 내 정신세계만 들켜버린 채.

바로 그때였을 것이다. N선생님께로 향하던 존경이 J선배에 대한 사랑으로 변한 것은. 그 자리에서 시종일관 환하게 빛나던 그의 모습이 아직도 생생하다. 선배는 마음의 상자를 아주 조금 열었을 뿐이지만, 그 안에서는 오색찬란한 빛이 새어나왔다. 선생님은 선배에게서 공부에 대한 조언을 구하라고 하셨는데, 못난 제자는 엉뚱한 것을 구하기 시작했다.

하지만 내 사랑은 곧 벽에 부딪혔다. J선배와는 그날 이후 아무 연락도, 대화도 없었다. 우연히 세미나에서 만나거나 캠퍼스에서 마주쳐도 그 눈빛은 내 기대와 달랐다. 똑똑했던 선배는 내가 자신과 전혀 다른 종류의 인간이라는 사실을 간파했던 모양이다. 이성보다 감상에 빠지는 인간. 겉멋에 신경 쓰는 단순한 인간. 철이 들려면 아주 오랜 시간이 걸려야만 할 인간. 나도 그를 그저 똑똑한 선배로만 생각하고 내 주제에 맞는 삶을 살아갔더라면 좋았을 텐데.

당시 군사독재의 그림자가 드리워진 살벌한 캠퍼스에서 나는 이 잔인한 첫사랑에 더 애를 태웠다. 그리고 그 사랑은 어느 겨울날 그가 목을 매어 자살했다는 소식으로 참담하게 끝을 맺었다.

전주를 향해 가면서 N선생님과 J선배를 떠올린 것은 전동성당이 우리나라 최초의 순교자를 낸 곳이라는 정보 때문이었을지도 모르겠다.

이 성당은 한국 천주교회 최초의 순교자 윤지충과 권상연이 처형된 장소이다. 윤지충 바오로는 조선시대 문필가 윤선도의 6대손이고 권상연 야고보는 그의 이종사촌이었다. 이들은 세례를 받은 후 교회법에 따라 제사를 지내지 않았고 어머니의 장례도 교회의 의식대로 치렀다. 뼈대 있는 양반집에서 제사도, 전통상례도 올리지 않는다는 것은 당대로선 충격적인 사건이었다. 소문이 퍼지자 그들은 갖은 형벌과 문초를 받다가 1791년 마침내 극형에 처해졌다.

이처럼 자기 소신을 지키려는 사람에게 세상은 가혹한 대가를 요구하기도 한다. 윤지충 바오로와 권상연 야고보처럼, 그리고 J선배처럼.

신입생 때, 멋모르고 시위에 참여했다가 쫓아오던 전경의 곤봉에 딱 한 번 등을 얻어맞은 적이 있었다. 억울했고, 화가 치밀었고, 무엇보다 너무 아팠지만 거기에 항의했다가는 체포나 고문을 당할까 두려웠다. 그리하여 검문을 피하려면 절대 운동화를 신지 말라던 아빠의 말에 순종했고 이한열 열사의 죽음조차 뒷문으로 달아나면서 지켜봤다. 그렇게 소신보다 안전을 추구하며 숨죽인 나는 지금까지 살아 있고, 운동권 브레인으로 갑갑한 현실에 괴로워하던 사람은 그 젊은 나이에 세상을 버리기도 하는 것이다.

한국 천주교회사 최초의 탄압인 신해박해(1791)의 현장임을 알리는 조각상과 기념비. 윤지충은 신주를 폐기하고 제사를 드리지 않는 이유는 신주란 나뭇조각에 불과하고, 죽은 사람을 위해 음식을 바치는 것은 비논리적인 데다 허례허식이기 때문이라고 했다. 형조는 이에 대해 신주를 불사른 것은 무덤을 파헤친 발총죄와 같고, 무당의 사술과 같은 천주교를 전한 것은 사무사술에 해당한다며 이들에게 사형을 선고했다.

N선생님은 J선배가 자살한 사실을 알고 계셨을까? 아셨다면 그에 대해 어떤 생각을 하셨을까? 찾아오지 말라는 말 한 마디에 냉큼 연락 끊고 지낸 무심한 제자는 궁금해할 자격도 없지만……. 지병이 있던 선생님은 오래 전에 세상을 떠나셨을 수도 있다. 다만 이제 나는 N선 생님과의 지키지 못한 '약속'에 대해 생각해야 했다.

#2. 순교지에 가득 찬 평화

긴 운전 끝에 전주한옥마을 근처에 도착했다. 사진에서 보던 전동성당 이 양 어깨를 벌린 듯 당당히 서 있었다. 생각보다 큰 규모에 놀라느라 진입로를 한 번 놓쳤다가 두 번째에야 성당마당으로 들어섰다. 그러고 보니 산티아고 순례 때를 빼놓고, 성당에 이렇게 내 발로 찾아든 것은 정말 오랜만이었다. 공연히 어색하고 쑥스러웠다.

안 좋은 기억도 떠올랐다. 20대의 어느 날, 친구들과 시골에 놀러갔 다가 무슨 호기에서였는지 아침 미사에 참례한 일이 있었다. 이른 아 침이었고 나는 잠이 부족했다. 결국 맨 뒷자리에서 꾸벅꾸벅 졸던 내 게 벼락같이 야단이 떨어졌다.

"거기 맨 뒷자리, 뭐하는 겁니까!"

깜짝 놀라 잠에서 깼지만 창피해서 얼굴을 들 수가 없었다. 아니, 사 람이 졸 수도 있지. 신부님 너무 까칠하시네! 그러니까 혼자 사는 거 야, 이 노총각아!

서운함과 원망으로 마음속에서 악담도 퍼부었다. 심하게 고개를 휘저으며 졸던 내가 잘했다는 건 아니지만 좀더 너그러운 신부님을 만났더라면 좋았을 텐데.

만약 사람들이 나를 잡아다가 "예수님, 이 여자가 미사 중에 졸았습니다! 아주 숙면을 취하더군요." 하고 일러바쳤다면 예수님은 이렇게 말씀하셨으리라. "너희 중에 지금까지 미사 때 단 1초도 졸지 않은 자, 먼저 이 여자를 쳐라."

나는 전동성당 앞에서 그때처럼 무서운 신부님이 어슬렁거리시지는 않는지 목을 길게 빼고 주변을 살폈다. 다행히 로만칼라 복장의 남자는 한 명도 보이지 않았다.

사실 처음엔 멋진 성당 건물을 감상하는 일에 무슨 의미가 있을지 고민하기도 했다. 기껏해야 '음, 참 잘지었다!' 하고 일방적인 감탄사만 늘어놓는 게 전부는 아닐까 싶었다. 하지만 '장소에는 힘이 있다' 는 믿음 하나가 내게 있었다.

일본 고베의 기타노이진칸가이北野異人館街: 1800년대에 형성된 외국인 저택 거리에 갔을 때였다. 〈벤의 집〉이라고 불리는, 박제동물이 가득한 어느 사냥꾼의 집에서 나는 역겨울 만큼 음습한 기운을 느꼈다. 뭔가를 집요하게 모으는 습성, 그것도 생명을 죽이고 사체를 모으는 습성에는 분명 어두운 기운이 도사리고 있었다. 얼마나 불쾌했던지 그 집을 나와서도 꽤 오랫동안 정신이 혼미했고 기분은 푹 가라앉아버렸다.

전동성당과 마주하고 있는 경기전(慶基殿)의 전경. 경
기전은 태조 이성계의 어진을 봉안하고 제사하는 전각
으로서 정전(正殿)과 조경묘(肇慶廟)로 나뉜다. 유럽풍
성당과 한국 전통 가옥, 가톨릭의 성전과 유교의 전통
을 잇는 곳이 서로 마주보는 모습이 이채롭다.

뒤편에서 바라본 전동성당(왼쪽). 그리고 마치 탑돌이 하듯, 성당 주위를 몇 바퀴나 돌다가 간신히 용기 내어 들어가본 성전 모습(오른쪽). 영화에서 본 것보다 훨씬 더 화려하다.

그와 반대로 많은 사람들이 모여 오랜 세월 경건한 마음으로 기도를 바친 곳이라면 반드시 좋은 에너지가 넘쳐날 것이고, 새로운 삶을 기다리는 내 영혼에도 어떤 힘을 선사해주지 않을까? 그 힘을 받아 길고 길었던 방황을 끝낼 수 있길, 나는 간절히 바랐다.

전동성당을 한 바퀴 돌아보자 내 믿음이 옳았다는 확신이 들었다. 어떤 장소든 '여기서 사람이 많이 죽었대!' 하는 순간 불길하고 흉흉한 장소가 되어버리지 않는가. 하지만 순교자들은 누구도 원망하지 않고 진정한 평화와 사랑 안에서 순명했던 모양이다. 최초의 순교지이자

수많은 목숨이 희생된 신유박해(1801)까지 겪어낸 곳이지만, 아픈 절
규와 비명의 흔적은 전혀 느껴지지 않았다. 마냥 평화롭고 아늑하기만
했다.

나는 성당 앞마당의 커다란 나무 아래 벤치에 앉아 자판기 커피를
마시며 전동성당의 화려한 곡선과 스테인드글라스의 섬세한 아름다움
그리고 고요한 평화를 오래도록 즐겼다. 내 등을 쓸어주는 오후 햇살
의 따스한 감촉을 느끼며.

성모상 앞에 노란색 들국화 다발을 바치는 중년여성의 모습도 보였
다. 개인적인 편견일지 모르겠지만, 성당 다니는 아주머니들에게는 공
통점이 있다. 어딘지 모르게 동글동글하고 조용하고 부드러운 인상.
언제나 '제 탓이오, 제 탓이오, 제 큰 탓이로소이다'라고 고백해온 그
분들에게서는 차비가 없으니 좀 꾸어달라고 하면 낯선 이에게라도 금
방 지갑을 열어줄 것 같은 너그러운 분위기가 느껴진다. 꽃다발을 놓
는 예쁜 일을 하면서도 그 중년여성은 마냥 조심스럽기만 했다.

#3. 못다한 숙제

H의 일이 끝나려면 한 시간도 더 남았기에 나는 성당을 나와 근처 카
페로 향했다.

한옥마을에 있는 카페답게 예쁜 한옥에 잘 가꾼 정원까지 있는 곳이
었다. 커피와 치즈케이크를 주문해서 야외 테이블에 앉았다가 부쩍 추

워지는 바람에 안으로 들어갔다. 카페 안에는 여러 가지 책이 꽂혀 있었고 나는 무라카미 하루키의 《먼 북소리》를 꺼내 그리스 시골 마을 기행에 다시금 빠져들었다. 하루키의 에세이나 여행기를 나는 좋아한다. 담담하고 따뜻한 목소리로 '내가 그곳에 갔을 때, 이러이러한 일이 있었지.' 하고 친한 오빠가 이야기를 들려주는 것만 같다.

그런 하루키가 성당 순례기를 썼다면 그의 글 첫머리는 어땠을까. '특정한 종교를 갖지 않은 내가 이런 책을 쓰는 건 어쩐지 멋쩍은 일이다.' 로 시작하여 '그렇다. 나는 어느 날 문득 성당을 찾아 떠나고 싶어졌던 것이다.' 로 이어지지는 않았을까. 그의 수준에 도달하는 날은 아마도 오지 않겠지만, 그의 말대로 '자기 눈으로 본 것을 자기 눈으로 본 것처럼 쓰는' 노력은 게을리하지 않으리라.

사실 그는 《우천염천》이라는 책에서 그리스정교의 성지인 아토스에 대해 쓴 적이 있다. 성당은 아니지만 하루키는 수도원에 다녀와 이런 글을 남겼다.

나는 처음에 쓴 것처럼 종교적인 관심이라고는 거의 없는 인간이고 그렇게 쉽사리 사물에 감동을 하지 않는, 굳이 말하자면 회의적인 타입의 인간이라 할 수 있다. 그런데 아토스의 길에서 만난 야생 원숭이처럼 지저분한 수도사로부터 "마음을 바꿔서 정교로 개종을 한 뒤에 오시게."라는 말을 들었을 때의 일을 묘하게도 너무나 생생하게 기억하고 있다. 물론 내가 정교로 개종하는 일 따위는 없을 것이다. 그러나 그 수도

전동성당은 한옥마을과 바로 이어진다. 그 사이에 있
던 '고신'이라는 한옥카페. 예쁘게 가꾸어진 정원에
반해 이곳에서 달콤한 휴식을 가졌다. '좀더 쉬었다가
가라'며 커피를 리필해주고 옆에서 조용히 신문을 읽
던 여주인의 호의가 기억에 남는다.

사의 말에는 이상한 설득력이 있었다. 아마 그것은 종교를 운운하는 것보다는 인간의 삶의 방식에 대한 확신의 문제라고 생각한다. 확신이라는 점에서는 전 세계를 찾아봐도 아토스처럼 농밀한 확신에 가득 찬 땅은 아마 없을 거라는 느낌이 든다.

| 무라카미 하루키, 《우천염천》 |

뼛속까지 쿨한 하루키는 아토스의 수도원에서 '농밀한 확신'을 보았을 뿐, 종교적인 체질로는 바뀌지 못했다. 앞으로 내 안에서 벌어지게 될 변화에 대해서는 손톱만큼도 눈치채지 못한 채 하루키 글에 빠져 있는 사이 후배로부터 연락이 왔고, 나는 카페를 떠나 다시 전동성당 앞에 섰다.

해가 저물자 빨간 벽돌 건물은 달빛에 젖어 황갈색으로 변하기 시작했다. 낮과는 또 다른, 훨씬 강렬하고 인상적인 모습이었다. 나는 이 황갈색의 전동성당이 더 마음에 들었다. 딸내미 손을 잡고 나타난 후배 H는 말했다.

"여기 이런 성당이 있었나? 전에 이쪽에 왔을 땐 왜 못 봤지?"

"원래 가까이 있는 건 눈에 안 들어오는 법이니까."

그날 밤, 나는 후배와 밀린 수다를 떨고 난 뒤 그녀의 집 방 한 칸을 차지하고 누웠다. 몸은 피곤했는데 왠지 정신이 말똥말똥해졌다. 나는 문득 가방 속에 넣어온 낡은 성경책을 꺼냈다.

보름달이 뜬 밤에는 모든 것이 신비롭게 보인다. 전동성당과 보름달이 조우한 밤 풍경은 내게 아주 강렬한 인상을 남겼다.

내가 마지막으로 찾아갔던 날, N선생님께서는 J선배의 이름 외에도 여러 가지 공부 방향에 대해 이야기를 해주셨다. 외국어 공부나 동양 철학에 관한 것은 늘 하셨던 이야기라서 당연하게 받아들였지만 거기에 의외의 것이 추가되었다. 바로 성경이었다. N선생님은 성경을 무조건 처음부터 끝까지 읽으라고, 그것이 자신이 해줄 수 있는 마지막 조언이라고 하셨다. 늘 동양 철학 이야기만 하시던 분이 왜 갑자기 성경에 대해 말씀하실까, 납득하지 못했지만 감히 까닭을 여쭐 수도 없었다. 대신 꼭 그렇게 하겠다고 약속드렸었다.

　하지만 나는 그 약속을 지키지 못했다. 학기 중에 읽어야 할 다른 책들이 많았다는 핑계, 학교 안이 어수선했다는 핑계, 그리고 너무 많은 일들이 일어났다는 핑계로. 조언 얻으라고 소개해준 선배는 영영 잃어버리고, 읽으라는 성경은 끝끝내 안 읽고… 선생님이 손가락으로 가리키신 삶과 전혀 다른 방향으로 참 멀리도 왔다 싶었다. 내 인생이 꼬인 건 N선생님의 말을 듣지 않으면서부터였는지도 모르겠다. 그 밀린 숙제를 이제야 하려고 성경을 펼친 것이다. 성당 건축물을 둘러보기 전에 성경을 독파하는 것이 최소한의 예의라는 생각도 들었다.

　사실 책으로서 성경은 그리 읽기 쉬운 편이 아니다. 워낙 오래된 문헌인 데다 원문 번역에 충실해야 하는만큼, 편집자 맘대로 교열도 윤문도 할 수 없으므로 현대 글처럼 독자에게 매끄럽고 친절한 독서경험은 제공하지 못한다. 따라서 여기를 좀 다듬었으면, 여기는 다르게 바꾸었으면 하는 기대를 가지고 읽다보면 내용은 안 들어오고 표현만 자꾸 눈에 들어오게 된다. 나도 그랬다. 그리하여 넘기고, 넘기고, 넘기다가 4대 복음서 중 네 번째인 〈요한 복음〉에 이르렀다. 이 〈요한 복음〉의 첫머리에서 이윽고 내 마음이 멈춰섰다.

한 처음, 천지가 창조되기 전부터 말씀이 계셨다. 말씀은 하느님과 함께 계셨고 하느님과 똑같은 분이셨다. 말씀은 한 처음 천지가 창조되기 전부터 하느님과 함께 계셨다. 모든 것은 말씀을 통하여 생겨났고 이 말씀 없이 생겨난 것은 하나도 없다. 생겨난 모든 것이 그에게서 생명을 얻었으며 그 생명은 사람들의 빛이었다. 그 빛이 어둠속에서 비치고 있다. 그러나 어둠이 빛을 이겨본 적이 없다.

| 〈요한 복음〉 1:1~5 |

단호하고 확신에 찬 이 표현들! 정말 눈에 보이지 않는 말씀이 눈에 보이는 천지보다 먼저 생겼던 걸까. 내가 성당 기행을 시작하면서 스스로에게 다짐했던 것도 이와 비슷했다. 눈에 보이는 것만 보려고 하지 말자, 그 이상의 것을 보고 느끼자. 이 성경 구절은 어쩌면 내가 앞으로 만나게 될 모든 성당과 그 이면에 내포된 개념을 암시하는지도 몰랐다.

어둠이 빛을 이겨본 적이 없다는 이 한 구절을 가슴에 안고서야 비로소 나는 잠으로 빠져들었다.

● 훗날 가톨릭 성경이 개편되면서 아쉽게도 저 표현은 이렇게 바뀌었
다. "그 빛이 어둠 속에서 비치고 있지만, 어둠은 그를 깨닫지 못하였다."

주소	전북 전주시 완산구 전동 200-1
전화번호	063-284-3222
홈페이지	www.jeondong.or.kr
교통	기차: 전주역에서 하차하여 19번, 60번, 79번, 109번 버스 이용.
	고속버스: 고속버스 주차장에서 하차하여 5-1번, 5-2번, 79번 버스 이용.
	자가용: 전주IC에서 약 12.5킬로미터 직진한 뒤 경기전, 전주한옥마을 방면으로 우회전.
여행정보	전동성당 인근은 전주한옥마을로 바로 맞은편에 경기전이 있고 그밖에도 동학혁명기념관, 최명희문학관, 공예품전시관 등 전통문화를 체험할 수 있는 곳이 많다. 게다가 맛의 고장 전주의 비빔밥, 콩나물밥, 한정식 등을 비교적 저렴한 가격에 맛볼 수 있어 항상 관광객과 가이드가 북적거리는 곳이기도 하다.

나바위성당 2

나바위성당을 우리집 근처에다 통째로 옮겨두
고 싶은 진지한 욕심을 감출 수가 없었다. 그
어디에서보다 마음을 경건히 해야 할 성당을
보며 이런 탐욕을 품다니, 하지만 어쩌랴, 나바
위성당이 이토록 아름다운 것을.

한 부모 밑에서 태어나 같은 가정에서 자랐다고 형제자매가 모두 비슷한 인생을 사는 것은 아니다. 각기 다른 학교에서 다른 선생님, 다른 친구들을 만나면서 각각의 인생은 가지를 뻗어간다. 그러고 보면 어떤 집안에서 태어났느냐보다 어떤 사람들을 만났느냐가 더 중요할 수도 있다. 그 다양한 자장에 이끌리고 부딪히면서 우리는 저마다 다른 스토리의 주인공이 되어가니까.

무교이던 우리 가족 중 내가 처음으로 세례를 받게 된 일이 그랬다. 내가 성당에 발을 들여놓게 된 건 중3 때 같은 반 친구였던 수경이 때문이다. 교회 가면 빵을 준다는 소문에 동네 아이들과 함께 달려가 〈내게 강 같은 평화〉를 따라 불렀던 유년시절 기억을 제외하면 교회나 성당은 나와 거리가 먼 곳이었다.

그런데 문득 수경이가 내게 "나랑 성당에 가보지 않을래?" 하고 물었다. 우연히 같은 버스에서 내려, 각자 집 쪽으로 헤어지려는 순간이었다.

그냥 착하게 살라는 설교를 들으러 간다고 생각했더라면 절대로 그

작고 소박한 시골 성당을 기대했던 나를 배반하고, 너무 예쁜 모습을 뽐냈던 나바위성당. 고딕 양식의 정면은
한옥인 뒷모습을 감쪽같이 숨기고 있다.

곳에 발을 들이지 않았을 것이다. 부모님의 잔소리도 버거웠는데, 또 당연한 훈계를 보탤 이유는 없었다. 다만 한 번도 가본 적 없었던 '성당'이라는 곳에 호기심이 생겼다. 감정 기복이 심하던 나와 달리 친구가 항상 자기만의 감정선을 지키며 안정적인 것은 성당에 다니기 때문이 아닐까 하는 치밀한(?) 계산도 깔려 있었다.

우리는 함께 포장도 안 된 흙길을 걸어 지금도 같은 자리에 있는 반포성당으로 갔다. 평일 저녁미사라 참석한 사람은 많지 않았다. 나는 수경이가 하는 대로 성가 책을 펼쳐 노래를 부르고, 일어서라면 일어서고 앉으라면 앉았다. 그런데 수경이가 앞으로 나가려고 할 때, 내가 따라 일어서자 그 애가 "넌 가만히 있어." 하는 것이었다. 그게 영성체였다.

자기만 예쁜 미사보를 쓰더니, 이젠 영성체라는 것도 자기만 하는구나! 나는 심통이 났다. 그 하얗고 동그란 것의 정체와 맛이 너무나 궁금했다.

"야, 나도 그거 먹으려면 어떻게 해야 해?"

"세례 받아야 할 수 있어."

다행히 영성체나 미사보 말고도 처음 불러보는 성가들이 나는 아주 맘에 들었다. 〈주여 임하소서〉부터 〈순례자의 노래〉〈평화의 도구〉 등 아름다운 노래들을 소리가 공명되는 넓은 공간에서 감상할 수 있다는 게 참 좋았다. 집에 와서도 그 멜로디들이 머리에서 떠나지 않았다.

영화 〈미션〉에서는 오보에를 연주하는 신부님에게 원주민들이 감화

되는 장면이 나온다. 믿음이 딱 원주민 수준이던 내게도 성가는 그런 역할을 했다. 지금 같으면 인터넷에서 음악을 다운받아 들을 수 있지만 그땐 성당에 가는 것 말곤 방법이 없었다.

그날 이후 거의 매일 수경이와 함께 성당에 갔다. 자연스럽게 예비자 교리반에도 들어갔다. 주일학교의 스테파노 선생님, 미카엘 선생님, 루도비코 선생님……, 모두 참 따뜻했던 분들로 기억된다. 〈상투스 Sanctus〉라는 성당 회지에 소개된 신학생들의 대담對談도 너무 재미있어서 '아니, 신학생들이라고 다 진지하기만 한 것은 아니구나!' 하고 놀란 적도 있다. 신기하게도 당시 일기를 보면 이미 난 내가 철학을 전공할 것과 글을 쓰게 될 것을 알고 있었다. 매일 성당에 가서 기도하고 묵상하는 생활을 했던 영향이었을까.

그리하여 1983년 3월 19일, 처음 성당에 발을 들인 지 9개월 만에 드디어 반포성당의 소윤섭 요셉 신부님(당시에는 엄청나게 어른처럼 느껴졌는데, 알고 보니 사제서품 받으신 지 일년밖에 안 되셨을 때였다)으로부터 세례를 받을 수 있었다. 세례명은 '힐데가르다'였다. 내 인생에서 결코 짧다 할 수 없는, 나름의 길고 긴 정성이 들어갔던 시간이었다.

그랬었다. 그땐 그랬었다. 그러나 아직도 나는 행복하고 감격스러웠던 그때의 기억만큼 열정을 되찾지 못했다. 그저 각종 매체를 통해 접하던 김수환 추기경님의 유머러스한 말솜씨가 좋고, 성가들이 좋고, 소란스럽게 나서지 않는 가톨릭 특유의 분위기가 좋고, 성당 건물의 아름다움을 인정하는 사람으로서 그곳을 방문하고 감상할 뿐이었다.

2. 나바위에서 '욕심'이라는 죄를 짓다

전주 전동성당을 다녀온 뒤, 나는 두 번째로 익산 나바위성당에 가보기로 했다. 도심에 자리잡은 전동성당이 웅장한 느낌을 가진 곳인 만큼, 이번엔 진짜 작고 검박한 느낌의 시골 성당에 가보고 싶은 마음이 컸다. '나바위'라는 이름에서 어떤 세련미나 현대적인 이미지를 상상하기란 어려웠으니까.

화산천주교회華山天主敎會라는 공식명칭 대신 나바위성당이라고 불리는 이곳은 1845년 스물세 살의 젊은 신부 김대건이 중국 상하이에서 한국인 최초로 사제서품을 받고 고국으로 돌아오며 처음 발을 디딘 곳이다. 지금 시각으로 본다면 영광적인 귀향이지만, 박해가 심했던 당시에는 그야말로 목숨을 건 일이었다. 그렇기에 그 행적을 기념하여 이곳에 성당이 세워진 것이다. 오래된 성당은 대체로 순교지인 경우가 많은데 이곳 역시 일제의 탄압과 6·25전쟁을 견뎌냈다.

가을빛이 무르익어가던 어느 날, 나는 영화 〈어느 시골 본당 신부의 일기Journal D'un Cure De Campagne〉에 나올 법한 작고 소박한 시골 성당을 기대하며 혼자 익산을 찾았다. 낯선 시골길로 접어들자 '○○리' '○○리' 하는 마을 이름이 이어졌다. 마침내 눈에 들어온 '나바위성지'라는 표지판. 나는 3층 이상 건물은 보이지도 않는 시골 마을에 입성하며, 기대했던 성당을 만나겠구나 하는 생각에 회심의 미소를 지었다.

나바위성당은 정면에서 뒤로 살짝 돌아가야 비로소 한옥 건물임이 드러난다. 오른쪽은 한국 최초의 사제 김대건 안드레아 신부의 동상.

길 한편에 돌로 새겨진 '나바위성지' 표식을 찾아 좁은 길을 따라 올라가보니 마을에서 가장 높은 언덕에 나바위성당이 있었다. 그런데 이게 웬일! 작고 소박하고 적당히 촌스러운 성당을 기대했던 내 상상은 기분 좋게 배반당했다.

성당은 한눈에 들어오지도 않았다. 고개를 바짝 꺾어서 치켜들어야만 간신히 전경을 볼 수 있었다. 계단을 한 걸음 한 걸음 오를 때마다 새로운 위용을 펼쳐내는 성당 모습에 한동안 시선을 빼앗겼다. 언젠가 교토에 갔을 때 지루한 골목길을 한참 걷다가 가까스로 만난 기요미즈

데라^{清水寺}의 주황빛 일주문^{一柱門}에 압도되던 바로 그 느낌이었다.

내가 상상한 작고 순박한 시골 처녀 같은 성당이 아니라, 늘씬하고 예쁘고 세련된 미인처럼 당당한 성당. 가까이 다가가서 보니 앞쪽만 고딕식 벽돌건물이고 뒤쪽은 한옥 목조 건물이었다. 전통 기와를 얹은 건물 옆으로는 서양식 회랑이 연결된다. 이 정도면 그냥 미인이 아니라, 동서양의 아름다움을 믹스한 글로벌 혼혈미인이라고 해야겠지.

성당 뒤편 너른 잔디밭에는 김대건 신부의 순교비와 성모상이 있었고 산으로 올라가는 길 앞에는 '십자가의 길' 이라는 표지판이 보였다. '십자가의 길_{Via Dolorosa}' 이란 예수님이 십자가를 지고 산에 오른 뒤 무덤에 묻히기까지의 과정을 그림이나 동상을 통해 14처로 표현한 것이다. 아파트 단지 한 가운데 있는 성당에 다녔던 나로서는 경험해보지 못한 형태였다. 이후 여러 시골 성당을 방문하면서, 산을 끼고 있는 성당에서는 반드시 산 위로 오르는 십자가의 길을 마련해둔다는 사실을 알게 되었다.

나는 그 길을 따라 천천히 산을 오르기 시작했다. 굽이 뾰족한 부츠를 신고 있던 내겐 가상한 용기였다. 3~4미터마다 하나씩 돌에 새겨진 예수님의 고행상이 있고, 14처를 다 지나고 나니 망금정^{望錦亭}이라는 정자가 나왔다. 그곳이 바로 화산 정상이었는데, 한옥 성당과 딱 어울리게 기와를 얹은 정자가 참 운치 있었다. 이곳 신부님이나 피정을 온 분들이 쉬는 곳이라는 그 정자에 나도 앉아보았다. 사방은 고요하

화산 정상으로 이어지는 십자가의 길과 그 끝의 망금
정. 그 어떤 고민이나 불평도 이런 길을 걷다보면 조용
히 사라져버릴 것 같다.

고 주변에는 나 혼자뿐, 마음이 절로 평화롭고 아늑해졌다.

그 순간 이런 생각이 들었다. 만약 내게 아주 소중한 사람이 생긴다면, 그리고 그와 평생을 건 중대한 약속을 하게 된다면 바로 이곳 이자리에서 하면 좋겠다고. 나아가 죽을 때까지 묻어두어야 할 비밀 이야기도……. 왜 그런지 그 자리에 대해 무한정의 신뢰가 느껴졌다.

나 역시 그랬지만, 연인들은 함께 지낼 수 있는 대부분의 시간을 극장이나 놀이동산 혹은 시끄러운 번화가에서 보낸다. 자본이 만들어둔 인위적인 공간에 머무르는 탓에 자주 다투고 과소비를 하고 끝없는 탐욕에 시달리게 되는 건 아닐지. 고요하고 성스러운 기운이 가득한 이 나바위성당 뒷산에서라면 사랑과 신뢰가 저절로 샘솟고, 진정한 영혼의 결속을 이룰 수 있을 듯했다. 평생을 건 약속은커녕 저녁 약속조차 할 사람 없는 내게 어울리는 생각은 아니었지만.

민망한 마음에 얼른 일어나 다시 아무도 없는 오솔길을 걸어 아래로 내려왔다. 한옥 성당 안의 분위기는 어떤지 살짝 문을 열어 들여다보니 동네 아주머니 두 분이 두런두런 이야기를 나누고 계셨다. 역시 저분들도 이 성당 안이 비밀 이야기하기 좋은 곳이라고 생각하셨던 모양이다. 그분들의 대화를 방해하기도 미안했고, 부츠를 벗고 들어가기도 번거로워 나는 조용히 문을 닫고 돌아섰다.

여러 날 후 나는 다시 이곳을 찾았다. 이 가을이 가기 전에 꼭 한 번만 더 아름다운 나바위성당을 감상하고 싶었다. 황금빛 은행잎이 우수

수 떨어진 성당 전경을 둘러보며 사진을 찍고 있자니 관리인으로 보이는 아저씨가 다가오셨다.

"제가 성당 배경으로 사진 한장 찍어드릴까요?"

친절한 제안이셨지만, 언제부터인가 아름다운 풍경에 내가 뛰어들어 사진을 망치는 일은 자제하고 있는 터였다. 그런 사진은 컴퓨터 바탕화면으로도 자료사진으로도 못 쓴다. 한 가지 더 이유가 있다면, 여전히 냉담자에 머물러 있는 내가 그래도 되는 것인지 양심이 편하지 않기도 했다. 아저씨께 괜찮다고 사양하며 대신 이렇게 덧붙였다.

"매일 이런 풍경을 볼 수 있어서 참 좋으시겠어요!"

"하하, 정말 예쁘죠? 그래서 저도 일부러 낙엽들을 안 쓸고 놔둔답니다."

화려한 가을빛으로 갈아입은 나바위성당의 풍경은 매일 이곳을 지켜보았을 그분에게도 각별한 감흥을 주는 모양이다.

그렇게 한 컷 한 컷 사진을 찍고 있자니 점점 부러운 마음이 가슴에 사무쳤다. 아, 이렇게 예쁜 성당이 우리 동네에 있다면 얼마나 좋을까. 봄에는 봄대로 화사하고 보드라운 꽃들이 둘러쌀 것이고, 여름엔 푸른 신록이, 가을엔 단풍이, 그리고 겨울엔 눈이……. 일년 내내 얼마나 눈이 호사스러울까. 빌딩 숲과 간판 사이에 어색하게 끼인 서울의 성당들을 떠올리자니 안타까울 지경이었다. 나바위성당을 우리집 근처에다 통째로 옮겨두고 싶은 진지한 욕심을 감출 수가 없었다. 그 어디에서보다 마음을 경건히 해야 할 성당을 보며 이런 탐욕을 품다니. 하지만 어쩌랴, 나바위성당이 이토록 아름다운 것을.

언제 왔는지 정장 차림의 한 중년 신사도 작은 카메라를 꺼내 나처럼 성당 여기저기를 촬영하고 있었다. 삼각대 달린 거창한 카메라가 아닌 것을 보면 사진작가라거나 사진 촬영을 목적으로 오신 분은 아닐 터였다. 게다가 평일 오후. 혹시 심각한 불황에 직장을 잃고 쓸쓸한 마음을 달래러 오신 건 아니었으려나. 어떤 이유에서든 성당을 둘러보며 이런저런 생각을 다듬는 동안 반드시 새로운 힘을 얻으셨으리라 믿고 싶다.

3. 오래된 진리 한 조각

나바위성당에서 돌아온 날, 나는 다시 숙제처럼 성경을 펼쳤다. 하지만 어디서부터 봐야 할지 막막했다. 처음부터 무작정 읽자니 누가 누구를 낳았고, 또 누가 누구를 낳았다는 계보타령이다.

문득 학교 교훈이라 친근했던 성경말씀이 생각났다. '진리가 너희를 자유케 하리라.' 학교에서는 졸업선물로 그 말씀을 작은 대리석에 새겨서 나누어주었다. 당시엔 그 말씀을 진지하게 생각해본 적도, 무슨 뜻인지 이해할 수도 없었다.

하지만 그 말씀이 새겨진 대리석을 바라보던 어느 날 "아!" 하고 나도 모를 탄성을 내뱉고 말았다. 진리를 체득한 사람은 어떤 생각이나

하늘은 파랗고, 꽃들은 붉고, 낙엽은 쉴새없이 흩날렸다. 내가 좋아하는 모든 자연현상이 휘감아 몰아치는 이곳에서 어떻게 정신을 놓지 않을 수 있을까.

말, 행위에서도 거스름이 없이 자유롭고 편안할 수 있다는 뜻이 아닌가! 그리고 예수님이야말로 진리 안에서 자유롭게 살았던 사람이 아닌가! 나는 그 말씀부터 찾기로 했다.

> 너희가 내 말 안에 머무르면 참으로 나의 제자가 된다. 그러면 너희가
> 진리를 깨닫게 될 것이다. 그리고 진리가 너희를 자유롭게 할 것이다.
>
> | 〈요한 복음〉 8:31 |

어떻게 2,000년 전에 살던 사람이 이토록 고상한 생각을 할 수 있었을까! 이 말씀이 존재하는 세상과 아닌 세상은 천지만큼 차이가 난다 해도 과언이 아니리라. 하지만 내가 이 말씀의 아름다움과 진정성을 느끼기까지 긴 시간이 필요했듯 그때 사람들도 선뜻 알아듣지 못했다.

우리는 아브라함의 후손으로서, 아무에게도 종노릇 한 적이 없습니다. 그런데 어찌 '너희가 자유롭게 될 것이다.' 하고 말씀하십니까?

| 〈요한 복음〉 8:33 |

오랜 세월 동안 생각의 자유만큼은 누구에게도 절대 양보할 수 없었던, 탄생은 스스로 결정하지 못해도 죽음은 스스로 결정할 수 있다고 믿는 '자유의지'의 맹신자였던 나. 스스로 세운 견해에 고집스럽게 매달려 살던 나 같은 사람조차 절로 고개 숙이고 받아들일 수밖에 없는 건 오직 하나, 진리일 것이다. 모든 것이 제자리로 돌아가게 하고, 참모습을 드러내게 하고, 정의가 실현되도록 이끄는 가장 강력한 힘 말이다. 문득 뒤적인 〈요한 복음〉에서 나는 성경 속에 화석으로 굳어 있던 진리가 현실에서 꿈틀꿈틀 살아 움직이는 모습을 보았다.

밥벌이에 매달려 살던 지난날엔 진리를 구하는 일에 인색했다. 하지만 이제 나는 예전과는 다른 차원에 들어서 있었다. 마치 범인이 남긴 사건의 단서들처럼, 내 삶에 녹아 있던 수많은 조각들이 진리로 향하는 지도를 완성해가는 느낌이었다. 점점 꿰맞춰지는 지도 속에서 N선

'너희가 내 말 안에 머무르면 참으로 나의 제자가 된다. 그리고 진리가 너희를 자유롭게 할 것이다.' 대리석 위에, 또 성경 속에 있던 이 말씀을 이제 나는 삶에서 체험하고 싶다.

생님이 왜 내게 성경을 권하셨는지, 그리고 내가 앞으로 무엇을 목표로 살아야 하는지에 대한 실마리도 덩달아 또렷해졌다.

그동안 내게 낡고 고루한 '텍스트 덩어리' 였던 성경은 이제야 비로소 '지혜의 서'로 받아들여졌다. 나는 거금을 들여 원전에 더욱 충실해졌다는 새 성경도 구입했다.

내가 중학교 친구 때문에 가톨릭 세례를 받고 고등학교 선생님 때문에 철학과에 진학했던 것과 달리 두 언니들은 종교나 철학에 별 관심이 없었다. 한때 둘이서 손잡고 교회를 다닌 적이 있지만 그다지 진지해 보이지 않았고 실제로 그 생활은 오래가지 못했다. '믿음'이나 '기적', '삶의 신비'보다는 성실한 노력과 딱 그만큼의 결과를 기대하는 사람들이었으니까. 그 고지식한 성실성을 집안 내력으로 물려주셨던 우리 아빠 역시 어떠한 종교도 가진 적이 없으셨다. 나를 앞에 앉히고 《탈무드》에 나오는 이야기를 들려주며 그저 막내딸이 '착하고 성실한 사람'이 되기를 바라셨을 뿐이다. 내가 철학과를 고집했을 때에는 '좀 더 여자다운 공부를 하는 게 낫지 않겠느냐'고 아쉬워하셨을 만큼.

걱정 많은 엄마만 무속에, 불교에, 개신교를 옮겨다니며 바람 잘 날 없는 가족의 안녕을 기원하고 또 기복하셨다. 하지만 어떤 방법으로도 우리 가족의 삶에 닥쳐오는 시련을 막아내는 일은 쉽지 않았다. 만인을 감동시킬 성실성도, 간절한 신앙도, 제멋대로 튕겨져 나가는 인생 앞에서는 속수무책이었다. 이렇게 불확실한 삶 속에서 나는 확실한 것을 찾고 싶다는 욕망과 그만 포기해버리자는 절망 사이를 거세게 오갔다. 그 오랜 내면의 싸움이 이 늦은 나이에 성당을 순례하게 하는 힘이 될 줄이야!

주소   전북 익산군 망성면 화산리 1158
전화번호   063-861-9210
홈페이지   www.nabawi.or.kr
교통   기차: 강경역에서 하차, 익산 방면 시내버스(50번), 좌석버스(333번) 이용.
          고속버스: 1. 서울, 대전: 논산행 고속, 직행버스 / 논산터미널 → 강경행 시내버
                    스 50번, 좌석333번 → 나바위 하차.
                  2. 광주, 전주: 익산행 고속, 직행버스 / 익산터미널 → 강경행 시내버
                    스 50번, 좌석333번 → 나바위 하차.
          자가용: 1. 서울, 대전: 논산, 천안고속도로 이용. 연무IC를 나와 강경, 익산 방면
                    으로.
                  2. 부산, 대구: 경부, 호남고속도로이용. 논산(연무대)IC를 나와 강경, 익
                    산 방면으로.
여행정보   나바위성지에서 운영하는 피정의 집이 있어 개인 또는 단체로 피정을 할 수 있다.

같은 전쟁 중, 같은 독일인 병사의 글인데 정반대의 말을 하고 있었다. 군사용 지하 동굴에 몸을 숨긴, 삶과 죽음이 완전히 밀착된 극한의 현실. 그래도 그는 믿는다고 했다.

두 사람 중 누가 더 현명하고 더 나은 것인지는 알 수 없었다. 다만 이 두 가지 글을 한 노

풍수원성당 3

두 사람 중 누가 더 현명하고 더 나은 것인지는 알 수 없었다. 다만 이 두 가지 글을 한 노트에 적어두었던 오래 전의 나는 이 양 극단을 오가며 신앙이란 것이 삶을 바라보는 관점을 얼마나 크게 바꾸는지 조금은 눈치챘던 모양이다.

초등학교 5학년 때 처음 자전거를 배웠다. 그때 같은 아파트에 살던 두 명의 친구는 서로 다른 방식으로 내게 자전거 타는 법을 가르쳐주었다. 상현이는 말했다.

"핸들이 기울어지거든 그쪽으로 방향을 틀어야 해."

주희가 말했다.

"무슨 소리야! 핸들이 왼쪽으로 기울어지면 얼른 오른쪽으로 틀어서 균형을 잡아야지!"

둘이 티격태격하는 동안 나는 이렇게도 해보고 저렇게도 해보면서 어찌어찌 혼자서 꽤 멀리 나아갈 수 있었다. 한참 후, 내 등 뒤에서 그들의 탄성이 들려왔다.

"어? 쟤가 혼자서도 타네?"

그들의 말대로 넘어지는 쪽으로 핸들을 기울이는 것도, 얼른 반대편으로 틀어서 균형을 유지하는 것도 다 가능했다. 하지만 정작 그날 내가 배운 것은 핸들을 트는 방향이 아니라 무조건 계속 페달을 밟아야 한다는 사실이었다. 페달만 계속 밟으면 적어도 넘어지지 않을 수 있

풍수원성당 입구에 무뚝뚝한 집사처럼 서 있는 안내비. 이 지점에서는 아직 풍수원성당의 모습이 보이지 않는다.

다는 것, 페달 밟기를 멈추면 핸들을 어떻게 꺾든 넘어지고 만다는 것.

신앙도 그랬다. 발을 잠시 멈추자마자 나는 꽈당 넘어졌고 다시 일어나지 못했다.

가톨릭 신자들은 개신교도에 비해 전교에 소극적이라고 한다. 내가 생각하는 이유는 이렇다. 개신교가 영광과 은총을 약속하는 반면, 가톨릭에서는 순명과 용서를 요구한다. 세례 받는 과정도 까다롭거니와 그 다음부터는 '성사'라는 이름의 온갖 의무와 책임들이 기다리고 있다. 아무 생각 없이 편하게 살던 사람에게 갑자기 이런 일들을 즐겁게 하라고 권하기가 미안한 것이다. 전교를 했다가 "뭐가 이렇게 어렵고 복잡해?" 하는 원망을 듣게 되는 건 아닐까 겁도 난다. 특혜로 생각하면 특혜지만 자유롭게 살고자 하는 사람들에겐 족쇄일 수도 있다.

세례를 받자마자 나 역시 그 족쇄들을 온몸으로 느꼈다. 우선 성경의 모든 말씀들이 내게는 힘겹고 불편해지기 시작했다. 다른 내용도 많은데 나는 굳이 맨 뒤에 있는 〈요한묵시록〉을 골라 정독했다. 미사 시간에 강론 주제가 되기는커녕 잘 인용되지도 않는다는 사실에 더 호기심이 생겼는지 모르겠다. 그리고 묵시록 저자의 엄청난 상상력과 필력으로 전개된 무서운 계시들에 완전히 짓눌리고 말았다. 심판의 날이 언제 올지 모르는데, 교실에 앉아서 한가롭게 공부나 하고 있어야 하는 것인지, 거리에서 '예수천국, 불신지옥'을 외치지는 못할망정 뭔가 준비라도 해야 하는 것은 아닌지 갈등이 일었다. 차라리 아무것도 몰랐다면 이렇게 불안하거나 괴롭진 않을 텐데, 내가 너무 엄청난 세상의 비밀을 알게 된 듯도 했다.

또 다른 부작용은 사소한 일에도 죄의식이 느껴진다는 거였다. 유독 비판의식이 곤두서 있던 그때 내게는 미운 사람들이 너무 많았는데, 이 사람들을 앞으로도 미워하지 않고 살 자신이 없었다. 그동안 내가 저지른 일들, 이를 테면 아프지도 않은데 꾀병 부리고 결석한 일, 숙제를 일부분만 해놓고 다 한 척 검사맡은 일, 폭력적이던 몇몇 선생님을 '진심으로' 저주했던 일, 가출하려고 돈을 모았던 일, 툭 하면 죽고 싶어하던 일 등도 어떻게 수습해야 할지 막막했다.

지금 같으면 '고해성사를 보면 되지'라고 생각하겠지만, 그땐 고해성사만큼 싫은 일이 없었다. 일기장에만 쏟아놓아야 할 내면을 왜 남에게 말해야 하나. 아무리 칸막이가 있다고 해도 목소리와 실루엣만으로 신부님은 내가 누군지 다 아실 텐데. 나를 보실 때마다 '쯧쯧, 그런 못된 짓이나 하고…….'라며 한심해하시진 않을까? 이런 두려움은 시간이 흘러도 줄어들지 않았고, 고해성사는 마치 병원 가서 엉덩이를 보이고 주사맞는 일처럼 느껴졌다.

그래서였는지, 의무적으로 해야 하는 판공성사 한 번에 마치 순결이라도 빼앗긴 기분이 되어 다시는 미사에 나가지 못했다. 짝사랑했던 성가대 소년을 더이상 못 보게 되는 일이었지만, 그를 보는 것 자체도 내겐 '번뇌'였기에 나는 미련 없이 모든 것을 놓아버렸다. 뭔가를 버리는 일은 지키는 일보다 훨씬 쉬웠다.

성당은 착한 애인처럼, '난 네가 부담스럽다!'라고 하자 순순히 내 손을 놓고 퇴장해주었다. 천벌이나 벼락도 떨어지지 않았다. 다른 반이 된 수경이는 더이상 내 신앙생활에 간섭하지 않았다. 애당초 내게 세례를 받으라고 강요하지 않았던 것처럼. 대모가 되어준 친구 지원이마저 다른 고등학교로 진학하면서 연락이 끊겼다. 이제 나를 관리 감독할 사람은 없었다. 나는 수경이가 선물해준 황금빛 십자가를 벽에서 내린 뒤 서랍 깊숙한 곳에 넣었다. 그리고 고등학교 2학년 5월의 어느날, 마침내 이런 내용의 일기를 썼다.

나는 신앙을 포기하려 한다. 신앙은 내게 삶에 대한 진지한 자세를 가르쳐주었지만, 그와 함께 사상의 자유를 빼앗아갔다. 속박된 노예의 상태에서는 진실을 보지 못한다. 내가 이곳저곳을 방황하다가 그래도 역시 진리는 여기에 있구나 하는 생각이 들면 돌아오게 될 것이고, 그렇지 않다면 영영 돌아오지 않을지도 모른다.

그때의 나에게는 사랑, 평화, 평온한 기쁨보다는 아무렇게나 막 생각해도 되는 자유가 더 필요했다. 내 마음은 쇼펜하우어, 니체, 공자, 노자처럼 내게 의무를 강요하지 않는 이들에게로 흘러갔다. 아, 물론 그들의 뒤에는 N선생님이 계셨다. 열일곱 소녀가 다 파악할 수 없는 진리를 한 손에 틀어쥐고 있는 것만 같던 선생님의 카리스마, 그것만으로도 나는 충분했던 것이다.

내 어설펐던 신앙생활은 그렇게 끝이 났다. 그리고 수많은 시간이 흘렀다. 여전히 '성당으로 돌아가면 어떨까?' 하는 마음은 터럭만큼도 생기지 않은 채였다. 오직 외적인 아름다움을 기준으로 나는 세 번째로 횡성 풍수원성당을 찾았다.

#2. 늦가을, 신앙촌을 찾아서

풍수원성당은 어느 일간지에 '가볼 만한 역사 깊은 성당'이라는 제목 아래 하얗게 눈으로 덮인 사진이 실려 알게 되었다. 비록 눈 내리는 계

경치 좋은 가을 양평을 한껏 즐기며 지나왔음에도 불구하고, 풍수원성당의 아름다움은 다시 한 번 나를 압도했다.

절은 아니었지만 고즈넉한 모습에 반해 서둘러 길을 떠났다.

아직 늦가을 단풍이 남은 양평을 지나 강원도 횡성으로 접어들었다. 아니면 되돌아오지, 하는 심정으로 되는 대로 갔는데 다행히 오래 헤매지 않고 풍수원성당의 너른 주차장을 찾아냈다. 월요일 이른 아침이어서인지 주차장에는 단 한 대의 차량도 없었다.

차에서 내려 주위를 둘러보니 나무와 산과 인가만 보일 뿐 정작 성당의 모습은 보이질 않았다. 비탈길을 올라가 성당 안내 비석과 성가정상聖家庭像을 지나 오른쪽으로 접어들자 그제야 멀리 풍수원성당의 전경이 드러나기 시작했다. 주황빛 단풍나무 뒤로 평온하게 버티고 선 오래된 성당의 모습.

풍수원성당은 '어서 와, 기다리고 있었어.'라는 듯, 나를 포근하게 맞아주었다. 처음 사진으로 접한 건 눈 쌓인 풍경이었는데 가을 단풍이 가득한 모습은 그보다 더 아름다워 보였다. 한국인 신부(정규하 신부)가 지은 최초의 성당이라는데, 한국적이라기보다는 세계 어느 나라에 가져다놓아도 잘 어울릴 것 같은 분위기다.

성당 근처 가로등 위에는 성당 지붕에 있어야 할 닭이 올라가 있었다. 베드로가 예수님을 모른다고 세 번 부인했을 때 새벽닭이 울었던 일을 상기하는 의미로 가톨릭에서 닭은 중요한(?) 위치를 차지한다. 그런데 왜 지붕이 아닌 가로등이지? 성당 지붕에 이미 예쁜 십자가가 있으니 아쉬운 대로 가로등 위에라도 올려둔 모양이다. 나는 '지붕에서 밀려난 닭'을 보며 혼자 미소지었다.

횡성 풍수원은 천주교에 대한 박해가 심하던 1800년대부터 신자들이 모여살던 곳으로 한국 최초의 천주교 신앙촌이다. 화전을 일구거나 옹기를 구워 생계를 유지하면서 이곳에 터를 닦은 것이다. 풍수원성당은 강원도에서는 최초로 세워진 성당으로 고딕양식의 건물은 강원도 유형문화재로 지정돼 있다. 1907년부터 짓기 시작하여 1909년 완공되었는데 이 건물을 짓는 데 필요한 벽돌이나 나무들을 모두 신자들이 직접 구해왔다고 한다. 한마디로 마을에서 가장 좋은 위치에 지극정성으로 지어진 성당이다. '가장 느낌 좋고 기도와 정성이 가득한 곳'을 찾겠다던 내 의지에 정확히 부합되는 곳이었다.

그렇게 한없이 고요하고 평화로운 느낌을 안고 입구 쪽 안내도를 보니 바이블파크bible park를 조성한다는 구상이 담겨져 있었다. 78만 평의 공간 안에 피정센터 · 강론광장 · 미술관 · 수목원 · 휴양촌 · 천국동산 등의 시설을 구비하여, 종교적으로는 물론 역사적 · 문화적 가치가 높은 이 풍수원성당 주변을 성역화한다는 계획이었다. 어떤 곳이든 너무 번잡스러워지는 것은 마뜩치 않지만 외진 곳에 있다는 이유로 인적이 끊어지거나 잊혀서는 안 되겠기에 나는 그 계획이 제대로 이루어질 기원했다. 더도 덜도 말고 내가 이곳에서 전해받은 포근하고 아름다운 느낌만 잃지 않게 발전했으면 하는 마음이었다.

나는 일간지 사진에서 봤던 풍경을 확인하려고 성당 뒤편으로 걸어갔다. 성당은 뾰족한 종탑이 있는 부분과 둥그스름하고 펑퍼짐한 부분으로 나뉜다. 성당 구조에 대해 잘 모를 때엔 눈에 띄는 종탑이 더 중요한 쪽인 줄 알았다. 하지만 사실 성전의 핵심인 제대가 있는 곳은 둥그스름하고 펑퍼짐한 쪽이다. 그다지 볼품없어 보이는 곳에 성전의 핵심이 있다는 사실은 우리가 이따금 마주치곤 하는 생의 또 다른 진실이리라.

나는 성당 주변을 거닐다가 숲으로 이어지는 십자가의 길로 들어섰다. 그 길에 새겨진 그림은 판화가 이철수 씨의 작품이었다. 심플한 그림, '철수'라는 사인과 낙관. 이 친근한 그림을 보며 십자가의 길 기도를 했다면 좋았을 텐데, 그때는 그 기도문을 알지 못했다. 다만 이 너

바이블파크 안내도와 십자가의 길, 그리고 야외 제대.
밥벌이에만 온 신경을 기울이던 예전이라면 가을 햇살
을 받으며 홀로 이런 공간을 누리는 호사란 꿈조차 꿀
수 없었으리라.

른 공간을 나 혼자 누릴 수 있다는 사실만 뿌듯할 뿐이었다.

식구가 바글바글한 집에서 태어나서인지 나는 어릴 적부터 집에 혼자 있을 때가 가장 좋았다. 누군가 초인종을 누르거나 문이 덜컥 열릴 때면 '아, 평화가 깨지는구나!' 하는 낭패감이 들었을 정도로. 이렇게 조용한 것만 찾는 성격이면서도 수녀가 되는 일은 생각해본 적 없었다. 애당초 그럴 그릇이 못 되었거니와 단체생활도 자신 없고 잡념도 많았다. 그리고 무엇보다 제복을 입는 일이 싫었다.

언젠가 첫 직장을 그만두고 집에서 열 달을 놀다가 간신히 증권회사에 자리가 생겨 들어갈 뻔한 적이 있었다. 어떤 일이든 하고 싶어 의욕이 넘치던 때였다. 그런데 새 직장 과장님께서 약도 한 장을 주면서 '유니폼을 맞추고 오라' 는 것이었다. 여직원들은 모두 유니폼을 입어야 한다며. 그 말에 놀라 소개해주신 어른들의 입장은 고려도 않은 채, "죄송합니다." 한마디를 내뱉고는 도망쳐나왔다. 다른 건 다 양보해도 남이 입으라는 옷만 입으며 지내는 건 싫었다. 어릴 때도 엄마가 사다주신 옷 색깔이 마음에 들지 않으면 실망해서 엉엉 울던 기억이 난다. '내가 좋아하는 색은 따로 있는데, 왜 내 의견을 안 물어보는 거야?' 하는 심정으로. 단순히 외양에 대한 집착이 아니라 어릴 적부터 유난했던 자유에 대한 갈망 때문이었다고 변명해도 되려나. 하지만 지금도 지나가다가 수녀님들, 특히 그 회색빛 수녀복을 보면 여전히 옷 색깔 따위에 연연하는 나의 내면이 드러나는 것 같아 공연히 민망하고 미안해진다.

낙엽이 우수수 떨어진 돌계단을 따라 올라간 십자가의 길 끝에서 둔탁한 통나무로 만든 십자고상과 거친 돌로 만든 제대를 만났다. 그 옛날 박해를 이겨낸 이곳 신앙촌 선조들의 강인한 의지가 담긴 듯한 십자고상과 제대를 보는 것만으로도 나 역시 마구 씩씩해지는 느낌이었다.

산길을 돌아 내려오니 성당 뒤편에서는 보수공사가 한창이었다. 살짝 성당 안을 들여다보았다. 역시나 의자 대신 방석이 놓인 옛날식 성당이다. 돌아서니 뜰 앞의 단풍나무가 눈부셨다. 떨어지고 빛바래고 저무는 가을이 아니라 봄보다 다채로운 빛깔을 자랑하는, 찬란한 가을이었다.

3. 침묵 속의 하느님

며칠 후 오래된 일기장과 노트 등을 모아놓은 박스를 정리하다가, 신앙에 대한 다음과 같은 글귀를 발견했다.

나는 세상에 아무 친지가 없는 외로운 사람이었는데, 일선 병사를 위문하기 위한 당신 편지가 우연히도 나에게 배당이 되었습니다. 그후 당신은 무명의 한 병사에게 용기와 신앙을 고무해주는 편지를 여러 번 보내주었습니다. 정말 얼마나 고마웠는지 감사의 마음은 말로써 다하지 못하겠습니다.

그러나 이제 나는 여기에 고백을 하지 않을 수 없습니다. 당신 편지는 확실히 나에게 힘과 용기를 주었습니다만 선善에 대한 신앙만은 끝내 확

풍수원성당의 성전 내부에서는 소박한 옛성당의 모습이 엿보인다. 오른쪽 안내판에는 '순교의 얼을 되살리자'는 구호가 적혀 있다.

립이 되지 않고 말았습니다. 내 마음에서 선에 대한 신앙은 죽었습니다. 얼마 후에는 나와 나의 동료인 몇십만의 병사가 죽어 있을 것처럼.

　고마우신 아디 아가씨, 사람은 누구나 종이 위에다 그 신앙을 나타낼 수가 있겠지요. 하지만 여기 지금 볼가 강의 기슭, 폐허가 된 도시에서 선에 대한 신앙을 굳게 지키기란 얼마나 어려운 일인지.

　| 제2차 세계대전 중 동부전선의 사투에서, 이름 없는 독일 병사의 편지 |

어디서 찾은 글인지는 모르지만 열심히 옮겨 적어놓은 것을 보면 이

병사의 절규에 크게 공감했던 모양이다. 신앙을 지키지 못하는 편이 더 인간적인 거라고, 그래서 내가 신앙을 저버린 것도 당연했다는 심정으로 이 글을 지지한 건 아니었을지. 그런데 그 낡은 노트를 한참 넘겨보니 이런 글이 나왔다.

> 태양이 구름에 가려 빛나지 않을지라도 나는 태양이 있음을 믿습니다.
> 사랑이라곤 조금도 느껴지지 않을지라도 나는 사랑을 믿습니다.
> 하느님께서 침묵 속에 계시더라도 나는 하느님을 믿습니다.
> | 제2차 세계대전 때 군사용으로 건설된 독일 쾰른의
> 어느 지하 동굴에 새겨진 글 |

같은 전쟁 중, 같은 독일인 병사의 글인데 정반대의 말을 하고 있었다. 군사용 지하 동굴에 몸을 숨긴, 삶과 죽음이 완전히 밀착된 극한의 현실. 그래도 그는 믿는다고 했다.

두 사람 중 누가 더 현명하고 더 나은 것인지는 알 수 없었다. 다만 이 두 가지 글을 한 노트에 적어두었던 오래 전의 나는 이 양 극단을 오가며 신앙이란 것이 삶을 바라보는 관점을 얼마나 크게 바꾸는지 조금은 눈치챘던 모양이다.

그럼에도 나는 꽤 오랫동안 신앙에 대해 전혀 의식하지 않은 채 살았다. 한여름날 명동에서 친구와 쇼핑을 하다가 지치면 명동성당에 들

기쁘고 행복한 마음으로 세상을 보면 모든 것이 아름
답다. 반대로 아름다운 풍경이 기쁘고 행복한 마음을
전해주기도 한다. 성숙한 이의 그윽한 눈빛처럼 따뜻
하고 풍요로운 가을빛 풍수원성당.

어가 30분 넘도록 앉아 쉬기도 했지만, 그런 때조차 이곳이 하느님의 성전이라는 의식은 전혀 없었다. 그저 바깥세상과 다른 조용함과 서늘함이 보존된 공간, 그것도 입장료가 필요없는 공간이라는 사실만 내게 의미있었을 뿐! 차가운 의자에 앉아서 땀을 식히고 한결 가벼워진 몸으로 일어서 나올 때에도 성전 위의 십자고상은 한 번도 쳐다보지 않았다. 그만큼 신앙이란 내 의식에서 철저히 배제된 것이었다. 좁은 길에서 당연한 듯 비켜서서 길을 양보해주는 투명한 얼굴빛의 수녀님을 무관심하게 스쳐지나갈 때, 자기소개서의 종교란에 아무 주저 없이 '무교'라고 적어넣을 때, 문득 오래 전 나를 흠뻑 적셨던 신앙의 물이 내게서 완전히 빠져나갔음을 스스로 확인했을 뿐이었다.

그렇게나 아무렇지 않게 살 수 있었던 게 기적일까, 보이지 않는 무엇인가를 찾겠다고 나선 지금이 기적의 순간일까. 아직은 알 수 없었다.

주소	강원도 횡성군 서원면 유현리 1097
전화번호	033-343-4597
홈페이지	www.pungsuwon.org
교통	버스: 상봉 시외버스터미널에서 횡성, 강릉(6번 국도)행 버스 이용, 풍수원 하차.
	승용차: 올림픽대로 → 천호대교분기점에서 하남IC방면 → 팔당대교 IC → 팔당, 양수리, 양평, 용문, 광탄 → 용두리에서 우회전 → 유현리로 가는 길 좌측.
여행정보	드라마 〈러브레터〉를 촬영했던 곳이기도 하고 개인이나 단체가 피정을 할 수 있는 청소년 야영장도 가깝다. 오크밸리 스키장까지 15분 거리이며 '바이블파크' 계획이 완성되면 더욱 멋진 곳으로 변모해 있을 것이다.

공세리성당 4

아무렇지도 않은 듯, 항상 괜찮은 척 미소짓는 내 표정 너머의 진심을 꿰뚫어보고 아픈 곳을 짚어내서 조용하게 위로해줄 사람, 그런 사람을 만나기 위해 그나마 삶을 포기하지 않고 버텨왔는지도 모른다. 그러고 보니 그렇게 나를 기다리는 분이 계셨다. 하지만 그때는 몰랐다. 마음이 자꾸 편안해지고 느슨하게 풀어지자 당황스럽기만 했다.

#1. 갈등의 전조

어느 날 두 경찰관이 자동차를 타고 길을 지나다가 절벽 아래로 떨어져 자살하려는 청년을 발견했다. 한 명이 달려가 얼른 청년을 붙잡았는데 미끄러지며 둘 다 아래로 떨어질 위기에 처하고 말았다. 다른 경찰관의 도움으로 두 사람은 다행히 목숨을 구했다. 그런데 그날 이후 생판 모르는 사람 때문에 죽을 뻔한 경찰관의 인생이 달라져버렸다. 매사에 심드렁해지고 가족에 대한 의무, 경찰관으로서의 의무, 자기 인생에 대한 의무 등 모든 것이 무의미해지고 말았다. 희망도 소원도 다 잃은 채 '나'와 '남'의 구분이 사라진, 전혀 다른 차원으로 넘어가버렸다는 것이다.

조지프 캠벨Joseph Cambell의 《신화의 힘》에 나오는 이야기다. 캠벨은 이러한 전이를 형이상학적 깨달음이라고 했고, 모든 생명을 동일시하고 통합하여 '이웃을 내 몸과 같이 사랑할 수 있게 되는 것'이라고 해석했다.

하지만 나는 그 경찰관의 심경이 좀 다르게 이해되었다. 너무나 강렬하고 드라마틱한 한순간의 체험 때문에 평온한 일상이 상대적으로 시시해져버린 건 아니었을까. 모든 반찬을 싱겁고 밍밍하게 만드는 삭힌 홍어의 톡 쏘는 맛처럼.

실은 내가 딱 그런 상태였다. 한 달 넘게 산티아고 순례길을 걷고 돌아와 책을 쓴 뒤, 내 일상은 지극히 평온하게 가라앉았다. 매일매일 뭔가 특별한 일이 일어났던 시간은 과거로 밀려나고, 평범하고 비슷비슷한 나날이 이어졌다. 견딜 수 없는 평온함에 허우적거리는 가운데 여행의 후유증은 뒤늦게, 그리고 갑자기 찾아왔다.

내가 찾아가는 성당들은 모두 아름다웠지만 너무 조용했다. 잘생겼지만 따분한 애인 같았다. 냉담자인 내가 일부러 미사가 없는 시간, 사람들이 없을 요일만 골라서 성당을 찾은 탓이었다. 그러다 보니 따뜻한 정서적 교류보다는 처음에 내가 우려했던 막막함이 느껴지기 시작했다. 오랜 내면의 문제에서 기인한 불편함인지 냉담자로서 갖는 어쩔 수 없는 불편함인지 알 수는 없었지만 그 느낌은 공세리성당을 찾아갈 때 뚜렷해졌다.

#2. 공세리로 가는 머나먼 길

'공세리'라는 이름을 처음 들었을 때에는, 공孔 씨 성을 가진 세리라는 여자, 특히 긴 머리를 가진 예쁜 여자가 떠올랐다. 물론 사람 이름일 리는 없겠지만, 남다른 뜻이 있지 않을까 기대했다. 그곳이 조선시대에 아산, 서산 등 40개 마을에서 거두어들인 조세를 보관하였던 공세창貢

미로를 헤매다가 간신히 찾은 공세리성당. 내 안에는 나침반이 없었고, 바깥에는 지도가 없었다. 어디로 어떻게 가야 하는지 모르는 인간에게 남는 것은 혼란과 불안뿐.

^{稅倉}이 있던 마을이라 이런 이름이 붙었다는 사실은 나중에 알았다.

공세리성당은 대전교구에서 맨 처음 설립된 성당으로 아산만과 삽교천 근처에 위치하고 있다. 1895년 파리외방전교회의 드비즈 신부가 이곳에 와서 1897년 창고를 헐고 성당과 사제관을 지었다고 한다. 초대 본당 신부로서 직접 성당을 설계하고 감독하여 1922년 10월 8일 성당을 완공한 드비즈 신부는 지역 교육사업과 의료사업에도 많은 노력을 기울였다. 자신이 직접 조제한 고약의 비법을 이명래(요한)에게 전수하기도 했다. 어린시절부터 귀에 익숙했던 이명래고약은(나 역시 이명래고약의 신세를 진 적이 여러 번 있었다) 처음에는 드비즈 신부의 한국명인 성일륜^{成一論}고약으로 불렸단다.

이곳에서도 순교의 역사는 이어졌다. 3형제인 박의서(사바), 원서(마르코), 익서(세례명 미상)는 1867년 병인박해 당시 순교하였으며 그분들의 묘가 성당 앞뜰에 있다고도 했다.

공세리성당은 아름다운 건축미와 풍광으로 〈태극기 휘날리며〉〈사랑과 야망〉 등의 영화나 드라마의 배경이 되었고 사진 촬영을 즐기는 이들에게는 훌륭한 출사지로도 알려져 있다. 그러나 이 멋진 곳으로 가는 길이 내게는 영 쉽지 않았다.

흔히 운전대를 잡으면 본래 성격이 드러난다고 한다. 대부분 거칠고 폭력적인 쪽으로. 그런데 감정기복이 심해 어쩌면 누구보다 폭주할 법한 내가 이상하게도 운전할 때엔 모범기사처럼 차분해진다. 다른 차가

갑자기 끼어들거나 거칠게 추월해가도 그다지 화가 나지 않는다. 서로 부딪치지 않았으면 다행이고 살짝 닿았다고 해도 충격이 크지 않으면 "그냥 가세요!" 하고 만다.

나는 그냥 철제로 된 테두리가 나를 감싸고 있다는 사실 자체에 안도하는 모양이다. 자동차 안에 있는 동안은 그 무엇도 두렵지 않다. 그래서 운전하는 일이 정말 좋다. 지방 출장을 갈 때에도 장정들을 뒤에 태운 채 내가 운전을 하곤 했다. 세상에 태어나 가장 기뻤을 때가 언제였는지 누군가 묻는다면, '운전면허증을 땄을 때'라고 말할 것이다. 굳이 내비게이션을 두지 않는 것도 이렇게 저렇게 길을 헤매는 과정이 내겐 즐거운 까닭이다. 하지만 그런 나도 공세리성당을 찾아가는 길에선 좌절을 겪어야 했다.

여전히 내 차에는 내비게이션이 없었고, 나는 엉뚱한 곳에서 '인주면 공세리'를 찾았다가 "아, 여기에서 정확히 반대쪽에 있구면."이라는 마을 아저씨의 설명을 들었다. 날은 어두워져가는데 아산시의 끝과 끝을 달리며 시간만 허비했다. 마침내 비슷하다 싶은 곳에 이르러 나는 무작정 지나가는 아주머니께 여쭈었다.

"아주머니…, 공세리성당이 어디 있나요?"

"저기예요."

아주머니는 웃음 머금은 표정으로 내 등 뒤를 가리키셨다. 바로 왼쪽에 입구를 두고 오른쪽을 쳐다보며 물어본 셈이었다. 하지만 묻지 않았으면 끝내 그곳을 찾지 못했을 뻔했다.

내가 찾아다닌 여러 성당들에는 공통점이 하나 있다. 아무리 멋지고 큰 성당도 큰길에서 곧바로 보이지 않는다는 점이다. 박해의 역사 탓인지 행인들의 시선을 살짝 비껴 숨어 있다. 공세리성당도 예외는 아니었다.

나무들이 가리고 있는 입구를 지나 진입하니 그제야 공세리성당이 눈에 들어왔다. 길게 뻗은 길을 올라가다가 너른 주차장에 차를 세우고 나는 마음을 가다듬으며 계단을 올랐다.

인적 없이 조용한 해질녘의 공세리성당. 나는 힘들게 온 만큼 급한 마음으로 성당 주변을 돌았다. 다른 성당에서는 미처 보지 못했던 '성체조배실'도 보았고 아름다운 성모상도 보았다. 하지만 길을 찾으며 너무 진을 빼서인지 찬찬히 둘러볼 마음은 생기지 않았다. 어깨가 빠질 것처럼 아팠고, 지쳤고, 피곤했고, 추웠다. 나는 다음 기회를 약속하며 급히 그곳을 떠났다. 돌아오는 길에 석양이 아주 아름다웠던 기억 하나를 간직한 채.

3. 누군가 나를 맞아주는 꿈

내가 공세리성당에 다시 발을 디딘 건 그로부터 약 열흘 뒤였다. 두 번째 길이니 쉽게 찾아갈 줄 알았는데 길은 낯설기만 했다. 어느 길에선가 가까스로 기억을 떠올렸지만 헤매는 과정에서 지나간 곳이지 정확한 목적지는 아니었다. 찾아가는 방법을 묻고 싶어도 사람이 없었

침묵하라, 절제하라, 인내하라. 나도 그러고 있지 않느냐……. 공세리성당이 내게 요구하는 것들
이었다. 거대한 침묵과 고요 앞에 나는 이제 내 안을 들여다보기 시작했다.

다. 주유소에서 일부러 기름을 넣으며 짙게 화장한 주유소 아가씨에게 길을 물었지만 "저, 이 동네 안 살아요!"라는 퉁명스러운 대답만 돌아왔다.

그렇게 헤매고 헤매다가 마침내 공세리성당의 뒤태를 발견했다. 잔뜩 들떠 달려갔지만 "어, 어." 하는 사이 순식간에 지나쳐버렸다. 유턴하여 제자리에 돌아왔는데 좌회전을 해야 들어갈 수 있는 그곳을, 웬일인지 또 유턴을 하여 지나쳐버리고 세 번째로 시도한 끝에야 공세리성당 앞으로 진입할 수 있었다. 주차를 한 뒤에도 나는 차에서 금방 내리지 못했다. 그냥 울고만 싶었다.

누구에게라고 할 것도 없이 불평이 쏟아졌다. 나를 기다려주는 사람도, 반겨주는 사람도 없는 이 텅 빈 공간에 나는 왜 죽자고 찾아오는 거지? 성모상이나 예수성상 앞에서 기도를 할 용기도 믿음도 없는데 도대체 내가 왜…….

한껏 불평을 쏟아낸 뒤에야 가까스로 차에서 내렸다. 휘청휘청 계단을 올라갔더니 먼저 성가정상이 눈에 들어왔다. 성모님과 성요셉, 그리고 아기예수의 모습. 나는 곧 방향을 틀어 좀더 위로 올라갔고, 성모상 앞에 섰다. 성당마다 성모상이 미묘하게 다른데 공세리성당의 성모상은 좀 통통한 편이다. 루르드에 발현한 성모님의 모습을 본뜬 성모상이라고 한다. 날씬하고 예뻐서 처녀 같기만 한 다른 성모상에 비해서 진짜 아이를 낳은 '엄마' 같다. 바짝 다가가서 올려다볼수록 친근하고 포근한 느낌이다.

성모상이나 성가정상 앞에서 손을 모으고 기도할 때엔, '…해주소서'가 아니라 '…빌어주소서'라고
해야 한다. 저를 위해 하느님께 함께 빌어주소서. 아무런 바람도 기대도 없던 나는 그저 바라만 보았
을 뿐이지만.

성모상 앞에서는 성호를 긋는 게 아니라고 한다. 다만 자신이 생각하
는 예의를 갖추면 되는데 나는 지친 눈빛으로 어정쩡하게 올려다보는
게 다였다. 성모님은 내 눈빛 너머 고단한 마음을 알아주시길 바라며.

성당 앞에서는 전문 사진작가로 보이는 두 분이 삼각대를 놓고 촬영
에 열중해 있었다. 그 모습을 보노라니 시도 때도 없이 기절하곤 하는
내 낡은 카메라가 초라해졌다. 저런 거대한 카메라 앞에서는 이 녀석
이 더욱 민망해하며 진땀을 흘리는 것처럼 느껴졌다. '주인님, 제가
지금 꼭 나서야 하나요?'라는 듯. 기분은 더욱 쪼그라들었다. 어쩔 수

없이 나는 지난번에 봐두었던 성체조배실로 가서 몸을 숨겼다.

성체조배실이란 성체를 모셔두고 특별한 존경을 바칠 수 있도록 만든 공간이다. 공세리성당의 성체조배실은 밖에서는 지하토굴처럼 보이지만 들어가보면 이웃집 안방 같은 느낌이다. 주인장이 금방 나와서 "무슨 일 있었수?"라고 물어봐줄 것 같은 따뜻하고 아늑한 느낌. 물론 그 주인장은 예수님일 터이다.

나는 언제나 이런 상황을 꿈꾸곤 했다. 누군가, 아주 따뜻한 사람이 먼저 내게 다가와서 이렇게 말해주는 꿈을. "그래, 사느라 얼마나 힘들었니? 내게 다 말해봐, 들어줄게." 그렇게 온전히 나만을 바라보며 나만을 위해 귀를 열어둔 사람 앞에 퍼질러앉아 마음을 내려놓은 채 철없이 하소연해보고 싶었다. 그렇게 다 털어놓으면 모든 것을 깨끗하게 잊을 수 있을 것 같았다.

아무렇지도 않은 듯, 항상 괜찮은 척 미소짓는 내 표정 너머의 진심을 꿰뚫어보고 아픈 곳을 짚어내서 조용하게 위로해줄 사람. 그런 사람을 만나기 위해 그나마 삶을 포기하지 않고 버텨왔는지도 모른다. 그러고 보니 그렇게 나를 기다리는 분이 계셨다. 하지만 그때는 몰랐다. 마음이 자꾸 편안해지고 느슨하게 풀어지자 당황스럽기만 했다. '아, 내가 여기서 왜 이러지?' 싶어 화들짝 놀란 나는 자리에서 일어났다. 내 자리 아닌 곳, 남의 집 안방을 차지하고 있다는 면구스러운 마음.

신앙이 있는 사람이라면 '성체 앞이니까 당연히 편안해지는 것'이라며 자연스럽게 받아들였을 텐데, 나는 그 편안함이 불편했다. 기껏 찾은 편안함에 등을 돌리고 나는 그 따뜻한 공간을 나섰다.

4. 너희는 여기 남아서 나와 같이 깨어 있어라

차가운 저녁 바람을 맞으며 고개 돌려 주변을 살펴보니 넓은 공세리성당에는 인적도 커다란 카메라도 사라지고 없었다. 날은 어두워져가고, 집에서 한참 떨어진 이곳에서 나는 또 혼자가 되었다. 성당 입구가 내려다보이는 계단 위를 서성이며 황망한 마음을 진정시키기 위해 애썼다. 눈에 들어오는 주변 풍경은 고요하기만 했다. 감나무 가지 사이로 석양의 은은한 빛이 가슴으로 흘러내릴 뿐이었다. 언제나 '외로움을 인정하면 지는 거'라고 스스로를 달래며 살아왔는데, 이날만큼은 그냥 그런 나를 받아들이고 싶었다.

하느님의 아들이라는 예수님도 사무치게 외롭고 쓸쓸한 적 있었을 것이다. 세상에서 가장 외로운 자리인 십자가 위에 홀로 매달리기 전부터 수없이. 겟세마니에서 기도를 하실 때에도 얼마나 번민이 많았던지, 제자들에게 이렇게 말씀하실 정도였다.

"내 마음이 괴로워 죽을 지경이니, 너희는 여기 남아서 나와 같이 깨어 있어라(마태오 26:38)."

왜 예수님은 '자존심도 없이' 제자들에게 깨어서 함께 있어달라고

나 의
아름다운
성당기행

78

성체 안에 현존하는 예수님을 인식하지 못하였음에도, 성체조배실 안은 포근했다. '내가 누군지, 어디에서 왔는지, 정녕 당신은 알고 계신 건가요?'

순교자 기념비(왼쪽)와 사제관을 개조하여 만든 성당 박물관.

부탁하셨을까. 나는 그 이유를 곰곰이 생각하지 않을 수 없었다.

그러다가 오래된 일기장에서 이와 비슷한 이야기를 발견했다. 암으로 투병하시던 아빠가 운명하시기 전날이었다. 아빠는 진통제 탓인지 혼미한 의식 속에서 줄곧 앞뒤가 안 맞는 엉뚱한 말씀을 하셨다. 지혜롭고 강한 아빠의 모습을 간직하고 싶었던 딸로서는 그렇게 무너지는 아빠를 보는 것이 괴로웠다. 내가 곁에 있다는 걸 알고는 계신지 의심스러울 정도였다. 그런데 늦은 저녁이 되어 집에 가려고 일어서자 아빠는 문득 내게 "가? …가……(가는 거니? 잘 가라)."라고 하셨다. 그 전까지는 내가 병실에 같이 있는지 없는지조차 모르고 계신 줄 알았는데. 아주 잠깐이었지만 서운함이 배인 표정과 눈빛에서 '가지 말고 같이 있어 달라'는 간절한 마음이 읽혔다. 하지만 피곤했던 나는 그 눈빛을 뿌리쳤고, 그것이 아빠가 내게 하신 마지막 말씀이 되었다.

나는 그 순간을 일부러 기억 저편으로 밀어내며 살았다. 생각하면 너무 가슴 아픈 일이었기에. 하지만 그날의 기억을 애써 떠올리자, 비로소 예수님의 심정이 이해가 되었다. 인간 예수님은 가장 고통스러운 순간, 가장 사랑하는 이들과 함께 있고 싶으셨던 거다. 사랑 앞에서 강한 척 버티는 것은 아무 의미가 없기 때문에. 인간이 얼마나 약하고 여리고 고통을 두려워하는 존재인지 알고 계셨던 예수님은 스스로 그런 모습을 드러내셨다. 숨기거나 부끄러워하지도 않으셨다. 같이 있어달라는, 지금 너무 힘드니 내 곁을 지켜달라는 말은 '나도 당신을 위해 그렇게 할 수 있다'는 뜻이기도 하다. 그럴 수 없는 사람만이 그런 말을 아낀다.

그렇듯 간절한 부탁에도 제자들은 무심하게 잠에 빠져들었고, 나는 집으로 도망쳐 와버렸지만.

붉게 물든 아산만의 황혼을 앞에 두고 홀로 서 있자니, 이런저런 생각에 자꾸 눈시울이 뜨거워졌다. 아, 내 안에 켜켜이 쌓인 이 많은 짐과 그림자는 언제쯤 다 덜어질 것인지.

주소　　　충남 아산시 인주면 공세리 194-1
전화번호　041-533-8181
홈페이지　http://gongseri.yesumam.org
교통　　　서해안고속도로 → 안산분기점에서 당진 방면 → 서평택 IC → 평택항로에서 아산 방면 → 당진 방면 → 공세리 방면 → 공세길 → 아산방조제 방면 → 장영실대로에서 우회전.
여행정보　공세리성당 내에 150명을 수용할 수 있는 피정의 집이 있으며 근처에 아산 스파비스, 외암민속마을, 영인산 자연휴양림, 김대건 신부 탄생지, 온양 민속박물관 등이 있어 온천과 관광도 즐길 수 있다.

원래의 나라면 이런 일
은 있을 수 없었었다. 비
도 오는데, 강론하는 신
부님의 얼굴도 안 보이
는데, 말씀이 제대로 들
리는 것도 아닌데 이런
시간에 이 고생을 자처
하다니. 그런데 그날은
한참을 그렇게 서 있었
다. 밤하늘과 야간 조명
아래 묘하게 빛나는 검
곡성당을 바라보는 것

감곡성당

5

밤하늘과 야간 조명 아래 묘하게 빛나는 감곡
성당을 바라보는 것만으로도 편안해졌다. 아,
밤의 감곡은 이렇구나. 이렇게 신비하고 평화
롭고 은은하구나. 이걸로 충분해. 나 같은 사람
들 몇몇은 아예 저 아래 내려다보이는 마을 쪽
으로 시선을 던진 채 상념에 잠겨 있었다.

#1. 신부님의 얼굴

2009년 바티칸 교황청에서 배포한 달력을 본 적이 있다. 모델이 된 신부님들의 수려한 용모 때문에 인터넷에서 화제가 되었다. 거지조차 영화배우 같다는 이탈리아 남성들이니 성직자라고 해서 예외는 아니겠지만, 속된 생각으로는 '아니, 도대체 왜 신부가 된 거지?'라는 의문이 절로 튀어나왔다. 저런 얼굴을 쳐다보면서 미사를 드리면 분심이 들지는 않을까, 살짝 걱정되기도 했다(실제로 불경스러운 생각을 유발할 수도 있다며 달력 제작에 반대한 세력도 있단다). 하지만 아무리 배우 뺨치게 잘생겼어도 신부님이 되면 희생과 봉사 속에 평생 혼자 살아야 한다. 예외는 없다.

사실 외모의 아름다움이나 젊음은 얇은 겉옷자락 같은 것이다. 그 얼굴은 어떻게 사목생활을 해나가느냐에 따라 훗날 찬란한 빛이 더해질 수도, 그늘이 드리워질 수도 있다.

젊은 성직자는 대개 패기 있고 자신만만하다. 두려운 것 없이 순수한 열정으로 가득 차 있다. 타고난 성격의 차이는 있겠지만, 삶의 굴곡

이 주름처럼 깊이 패기 전인 그분들에게서는 어딘지 잘 만들어진 기성품의 냄새가 난다. 누굴 보아도 비슷비슷하다.

그리하여 내가 관심을 갖고 지켜보게 되는 쪽은 젊은 성직자보다는 언제나 나이 지긋한 분들이었다. 신학교에서 배운 이상과 현실과의 괴리 속에서 치열하게 고뇌한 끝에 스스로 빚어낸 자신만의 색과 빛과 얼굴을 갖게 되신 분들 말이다.

어떤 분에게서는 우울함과 피로가 보인다. 또 어떤 분에게서는 퇴색한 고집과 권위의식만이 드러나기도 한다. 성직에 있다는 사실만 뺀다면, 반복되는 생활의 권태를 견디기 힘들어하는 보통 사람들 같은 모습이 엿보이기도 하는 것이다. 차마 그만두지는 못하지만 이 생활에 충분히 만족하지도 못하는 진퇴양난의 혼란은 어쩌면 사회의 때가 묻지 않은 성직자의 얼굴에서 더욱 선명하게 드러날 수밖에 없는지도 모른다.

하지만 절제되고 안정된 생활로 젊어서보다 오히려 나이 든 뒤에 빛을 발하고, 오랜 사목생활에서 다져진 내공과 연륜으로 유머와 여유까지 갖추어 완벽한 매력남으로 재탄생한 '미중년 신부님'들도 분명히 건재하신다.

한낮의 열기를 견딘 사제에게서는 영혼의 깊이와 보기 드문 동정심을 찾을 수 있다. 그들은 대부분 중년이거나 중년을 넘어섰다. 사제로서 몇 십 년 동안 봉사함으로써 그들은 자신의 정신을 단련했고 칭찬과 비난도 어느 정도 냉정하게 다룰 줄 알게 되었다. 자신에게 익숙해지고 자기 내부의 악한 영을 다스릴 수 있으며 용기와 정신력을 잃지 않는다.

| 도널드 코젠스, 《사제, 인간의 얼굴인가 신의 얼굴인가》 |

다른 어떤 사람들보다도, 성직자는 '잘 늙어야' 할 것 같다. 그래야 당신들이 선택한 진리가 말이 아닌 현실로 증명되는 것이다. 그리고 충북의 감곡성당에 그렇게 잘 늙어가는 신부님이 계셨다.

2. 감곡과의 첫 번째 만남

감곡성당은 '매괴성모순례지'라는 이름으로도 널리 알려져 있다. 하지만 내게는 좀 다른 의미로 친근한 곳이다. 아빠 산소가 있는 대지공원묘지에 가려면 감곡IC로 진입해야 하기 때문이다. 삼거리에서 왼쪽으로 틀면 아빠 산소 가는 길, 오른쪽으로 틀면 감곡성당 가는 길이 된다. 감곡성당을 찾아나서던 날은 그 어느 때보다 의기양양하고 반가운 기분이었다. 감곡IC에 진입해 우회전하자마자, 곧바로 산꼭대기의 거대한 십자가가 눈에 띄었다. 감곡성당의 산상 십자가였다. 작은 길로 접어들어 고개를 오른쪽으로 돌려보니, 빨간 벽돌 선명한 예쁜 성당이 바로 눈에 들어왔다.

성당의 존재를 모르고 온 행인들의 발걸음마저 멈추게 할 만한, 이국적이고도 아름다운 풍경이었다. 유명한 성지라서인지 주차장으로

지름길이 있음에도 최대한 멀리에서 부터 다가간 감곡성당. 멋진 그림을 감상하듯, 여유롭게 눈의 호사를 즐기고 싶었다.

가는 안내판이 여러 개였는데, 나는 되도록 먼 곳에 있는 주차장에 차를 세우고 천천히 성당을 향해 걸어올라갔다. 평일 오후인 데다 여기저기 공사 중이었음에도 불구하고 참례객은 그 어느 성당보다 많았다. 이 성당을 세우고 사목생활을 하셨던 프랑스인 임가밀로 신부님께서 늘 하셨다는 "나는 여러분을 만나기 전부터 사랑했습니다."라는 말씀이 새겨진 동상 옆을 지나, 공사현장을 까치발로 걸으며 매괴동산으로 들어섰다. 어느샌가 성당에 오면 주변의 산을 오르는 것이 자연스러워졌다. 매괴동산 입구에는 알퐁소 성인의 "온전한 마음으로 들어오라, 홀로 머물러라, 다른 사람이 되어 나가라."라는 글귀도 적혀 있었다. 이곳을 다녀가면 정말 다른 사람이 될 수 있을까, 생각하며 천천히 사람들의 뒤를 따랐다. 산길 초입에는 묵주기도 20현의 부조가 세워져 있었고 그 끝에서 성모광장이 모습을 드러냈다.

이 성모광장에는 역사적인 사건이 있었다. 일제시대 때 이곳에 일본인들이 신사를 세우려고 했지만 임가밀로 신부님이 공사현장에 기적의 패를 묻고 간절히 기도를 바치자, 폭우가 쏟아진다든지 산허리가 무너진다든지 하면서 공사가 번번이 중단되어버렸다. 그러는 사이 마침내 해방이 찾아왔고, 이곳은 온전히 성모님께 봉헌될 수 있었다는 것이다.

그렇게 높고 긴 계단 끝에 서 계신 성모상 곁을 지나면 이번엔 본격적으로 십자가의 길이 시작된다. 쌀쌀한 날씨 탓에, 그리고 습관처럼 굽이 있는 부츠를 신고 왔기에 산행은 그리 편치 않았다. 하지만 어떻

과연 하느님께서는 기꺼이 그분 안에 온갖 충만함이 머무르게 하셨습니다. 그분 십자가의 피를 통하여 평화를
이룩하시어 땅에 있는 것이든 하늘에 있는 것이든 그분을 통하여 그분을 향하여 만물을 기꺼이 화해시키셨습
니다. | 콜로새 서간 1:19 |

게 감곡IC 입구에서부터 본 그 거대한 산상 십자가를 포기하고 돌아간단 말인가. 나는 비틀거리면서도 기어이 산 정상에 올랐다. 성광을 들고 계신 임가밀로 신부님 동상 옆에 그 거대한 십자가가 서 있었다.

야외에서 이렇게 거대한 십자가를 본 적이 있던가. 15미터 높이의 이 압도적인 십자가 앞에서 나는 발을 떼지 못했다. 그러다가 문득 참례객들이 모두 내려가고 어느 40대 모녀만이 남았을 때, 아주머니께 말을 걸었다.

"저, 혹시, 밤에 여기까지 올라와보신 적 있으세요?"

"아니요, 저도 오늘 처음 와봤는걸요."

그분은 공연히 미안해하는 표정으로 앞서 내려가셨다. 뜬금없이 그런 질문을 던진 까닭은 밤에도 이곳에 불을 밝혀두는지 궁금해서였다. 어쩐지 이곳의 진가는 밤이 되어야 두드러질 것 같다는 근거 없는 확신에, 나는 내려가면서도 자꾸만 뒤를 돌아보았다.

산에서는 올라갈 때보다 내려갈 때를 더 주의하라고 한다. 그 말에 코웃음치며 재미와 스릴을 위해 늘 일부러 굴러떨어질 것처럼 빠르게 뛰어내려가던 나였는데, 이날은 정말 내려가는 길이 죽을 듯이 힘들었다. 굽 높은 부츠 탓이었다. 이렇게 높은 산길을 오르내릴 줄 모르고 평상복 차림으로 온 나는 애꿎은 어린 나무들에 매달리며 가까스로 감곡성당 뒷마당으로 내려왔다. 휴, 한시름 돌리고 나자 제대로 된 원두커피를 파는 작은 쉼터가 눈에 들어왔다. 그곳에서 내가 주문한 카푸

치노를 내주시던 아주머니가 문득 창밖을 보며 말씀하셨다.

"아, 신부님 나오셨네."

신부님? 아주머니의 시선을 따라 창밖을 보니 그야말로 '하얀색' 웃음을 한껏 뿜어내며 중년의 신부님이 벤치에 앉아계셨다. 아, 사람의 웃음에도 색깔이 있다는 사실을 그때 처음으로 깨달았다. 그분이 김웅열 신부님이었다.

은경축(사제서품 25주년)까지 지내신 이 신부님은 강론으로 유명한 분이었다. 나는 평화방송에서 방영된 그분의 특강을 처음부터 끝까지 다시보기로 보았다.

강론이 재미있으려면 강론자의 경험이 풍부해야 한다. 따라서 젊은 신부님보다는 연륜 있는 분이 유리하다. 이것저것 가리고 빼서는 말할 것이 남지 않으니 솔직해야 한다. 아울러 전달하려는 메시지를 스스로 잘 정리해야 한다. 마지막으로 전달의 도구인 목소리가 좋아야 한다. 이 모든 것을 김웅열 신부님은 갖추고 계셨다. TV로 본 강론 말씀 중 "단 하루라도 의미 있게 살아라. 나로부터, 사람으로부터, 시선으로부터, 편견으로부터 자유로워져라!"라는 말씀은 특히 가슴에 남았다. 감곡성당의 빚이 30억이나 되었을 때 부임해 약 2년 만에 빚을 다 갚으셨다고 하니, 성당 운영 능력까지 갖추신 모양이다.

이때로부터 약 일년 반 후 나는 서울의 어느 성당에서 김 신부님의 강의를 직접 들을 수 있었다. 마이크 없이도 쩌렁쩌렁 성전 안을 울리

임가밀로 신부의 동상을 지나 매괴동산으로 들어서면
묵주기도의 길이 시작되고 곧 성모광장, 그 다음부터
산상 십자가까지 십자가의 길이 이어진다. 기도와 묵
상, 간단한 등산까지 할 수 있는 최상의 코스!

는 그분의 목소리에는 힘과 열정이 있었다. 삶에 문제가 생기면 단식을 통해 영을 맑게 하라, 묵주기도를 한 달 간 하면 그 다음부터는 은총 속에 살게 된다, 한 달에 한 번 꼭 고해성사를 하라, 성경을 가까이 하라(실제로 신부님은 성경을 직접 필사해오는 분들에게 선물을 나눠주는 일을 계속 해오고 계셨다), 인성에 상처가 많으면 영성으로 나아가지 못한다, 따라서 영성보다 중요한 것은 인성이다……. 무엇보다 그날 가장 인상적이었던 건 바로 이 말씀이었다.

"빛이 강한 쪽으로 찾아가십시오. 빛이 강한 쪽은 성지를 말합니다. 그곳에 가면 상처도 분노도 사라집니다."

#3. 밤의 감곡, 찬미와 기도의 밤

밤의 감곡성당을 보고 싶다던 내 바람은 처음 감곡에 갔던 날로부터 약 5개월 후에 이루어졌다.

매월 첫째 토요일에 있다는 '찬미와 기도의 밤'이 어떤지도 궁금했고, 꼭 밤에 그 산상 십자가를 다시 보고 싶었기에 쏟아지는 비를 무릅쓰고 찾아갔던 것이다. 사람들이 모두 감곡으로 모이려고 그랬는지, 토요일 오후라서 그랬는지 고속도로가 바글바글 북적였다. 예상보다 한 시간이나 더 걸려 간신히 감곡성당에 도착하니, 그 넓은 주차장은 내 차 한 대 받아줄 공간 없이 꽉 차 있었다. 나는 간신히 길가에 차를 세우고 주룩주룩 내리는 비를 맞으며 성당으로 향했다.

야간 조명이 켜진 성당은 낮보다 더 아름다웠다. 서울의 대형 성당과 달리 성당 안이 너무 좁은 탓에 '가밀로 영성의 집'이라는 피정공간에서 김웅열 신부님의 강론을 생중계하고 있었다. 그걸로도 모자라 마당에도 스피커를 설치해두었다.

영성의 집으로 가라는 안내를 받았지만, 그곳 역시 사람들로 가득차 발을 들여놓는 순간 단내가 훅 끼쳐왔다. 할 수 없이 그냥 성당 입구 쪽으로 가서 우산을 들고 섰다.

원래의 나라면 이런 일은 있을 수 없었다. 비도 오는데, 강론하는 신부님의 얼굴도 안 보이는데, 말씀이 제대로 들리는 것도 아닌데 이런 시간에 이 고생을 자처하다니. 그런데 그날은 한참을 그렇게 서 있었다. 밤하늘과 야간 조명 아래 묘하게 빛나는 감곡성당을 바라보는 것만으로도 편안해졌다. 아, 밤의 감곡은 이렇구나. 이렇게 신비하고 평화롭고 은은하구나. 이걸로 충분해. 나 같은 사람들 몇몇은 아예 저 아래 내려다보이는 마을 쪽으로 시선을 던진 채 상념에 잠겨 있었다.

그때 어딘지 착하고 건실해 보이는 아저씨가 빗속에서 봉헌초가 꺼지지 않도록 살피는 모습이 보였다. 그분의 인상이 그토록 착하고 건실해 보이지 않았더라면, 굳이 비 오는 날 봉헌초를 구입하지는 않았을 것이다.

"이 초 하나에 얼마씩이에요?"

"1,000원입니다."

누군가를 위한 내 마음을 1,000원 한 장에 담을 수 있다니. 나는 한

감곡성당 성전 내부와 밤에 본 감곡성당 정경. 단번에 찾아내지 못한 아름다움과 숨은 신비는 성당을 찾는 이들에게 '보물찾기'의 즐거움을 알려준다.

번도 제대로 된 애정을 표현해본 적 없었던 우리 가족을 위해 일곱 개의 초를 봉헌했다. 그리고 이제 충분하다 싶은 마음이 되었을 때, 집으로 돌아가기로 했다.

그런데 감곡성당에 대해 공부를 하다가 또 중요한 것을 놓쳤다는 사실을 깨달았다. 산상 십자가에 마음을 빼앗기고 있었지만 정작 그곳은 성모순례지다. 성당 안에 모셔진 성모상이 빼어나게 아름답다는 정보에 처음 감곡에 갔을 때 찍었던 사진을 정신없이 뒤졌다. 성당 안을 찍은 단 한 장의 사진에 그 성모상이 작게 담겨 있는 것을 간신히 찾아냈다.

이렇게 아름다운 성모상이었을 줄이야. 작은 사진만으로는 도무지 성에 차지 않아 다시 감곡으로 차를 몰았다. 세 번째 방문이었다.

이 성모상에도 '수난받은 매괴성모님'이라는 전설이 내려온다. 한국전쟁 당시 인민군이 이 성모상을 향해 총을 쏘았는데 일곱 발을 맞고도 부서지지 않았다는 것이다. 따발총을 쏘아도 마찬가지였다. 아예 성모상을 끌어내리려고 했더니 성모님의 눈에서 눈물이 흘러내렸단다. 인민군은 놀라 달아났고, 지금도 성모상에는 총탄 자국이 남아 있다. 구멍만 났을 뿐 금은 가지 않은 상태다. 성당 안에 예수님의 십자고상보다 성모상이 크게 자리하는 경우는 그리 많지 않은데 감곡성당에는 성모상이 제대 위 중앙 상단에 모셔져 있다.

신을 벗고 삐걱거리는 마룻바닥에 올라섰다. 기도하시는 아주머니 몇 분 곁을 지나 성모상을 향해 최대한 가까이 다가갔다. 그 어느 성모상보다 아름다웠다. 프랑스의 성지인 루르드 근처에서 태어났다는 임가밀로 신부님이 특별히 루르드의 성모상과 비슷하게 제작하여 가져왔다는 이 성모상은 허리띠에는 하늘색이, 베일의 테두리엔 금색이 섬세하게 입혀져 있다. 공세리성당에서 보았던 루르드의 성모상과는 또 다르게 청순한 느낌이다.

고등학교 때, 담임선생님은 내 친구 수경이가 특별활동으로 가톨릭 학생반에 지원하자 이런 말씀을 하셨다. "가톨릭 학생반? 그래, 마리아 열심히 믿어라!"

선생님뿐 아니라 가톨릭에 대해 성모 마리아를 믿는 종교라고 생각하는 일반인들이 적지 않으리라. 그런 일반인의 오해를 푸는 것이 가톨릭 신자들의 과제이기도 하다. 내가 들은 이야기는 이런 것이었다. 구세주를 낳아주신 어머니로서 그분을 공경하는 것이지 믿음을 바치는 게 아니라고. 하지만 솔직히 이 설명은 그다지 충분하지 않았다.

외람될지 모르지만 나는 성모 마리아를 구세주의 어머니로 여기기보다는 모든 인간의 영적 어머니라고 생각하고 싶다. 예수님이라면 "그래, 아무려면 어떠냐? 내 어머니가 곧 네 어머니다!" 하고 흔쾌히 자신의 어머니조차 내어주실 것이다.

특히 태어나서 한 번도 엄마 얼굴을 보지 못한 사람들, 일찌감치 엄마를 잃어버린 사람들, 엄마가 있어도 애정을 받지 못한 사람들에게 성모 마리아가 영적인 어머니가 되어주면 얼마나 좋겠는가.

#5. 모든 경계에는 꽃이 핀다

나는 감곡성당을 세 번에 걸쳐 찾아갔고, 그때마다 조금씩 심경의 변화를 겪었다. 특히 처음 갔을 때와 두 번째 갔을 때, 그 사이에 선명한 경계가 놓였다. 그 경계에선 내 몸속 어딘가에 숨겨져 있던 신앙의 씨

앗이 조금씩 발아되는 느낌이었다. 수많은 사제와 수도자를 배출해냈을 만큼 '은총과 치유의 빛'이 강한 곳이기 때문이었는지, 특별히 성모님께 봉헌된 장소로서 그분의 따뜻한 사랑이 가득해서인지는 잘 모르겠다. 다만 확실한 것은 그곳에 들어서면 내 몸과 마음이 편안해졌고 자꾸 가고 싶은 생각이 들었다는 사실이다. 두 시간 넘게 달려가서, 입구에서부터 죽 걸어 성모광장을 지나 산 정상까지 올라갔다가 내려오는 것이 전부였지만 그 공간 속에 들어가 있는 동안은 세상사의 시름이나 걱정 따위가 '별 일 아닌 것'처럼 느껴지곤 했다. 밤에 갔을 때조차 빛이 가득했던 감곡성당. 그곳에서 넘쳐나던 빛은 점점 내 마음의 어둠을 향해 정조준하여 들어오기 시작했다.

● 덧. 감곡성당의 김웅열 신부님은 2010년 8월 충북 진천의 배티성지로 이동 발령되셨다. 감곡성당을 크게 일구신 능력을 다시 한 번 배티성지에서도 발휘하셨으면 하는 바람이다.

주소	충북 음성군 감곡면 왕장리 357-3
전화번호	043-881-2808
홈페이지	www.maegoe.com
교통	경부고속도로 → 신갈분기점에서 영동고속도로 → 여주분기점에서 중부내륙고속도로 → 감곡 IC → 삼거리에서 우회전.
여행정보	'가밀로 영성의 집'에서 40~50명이 피정을 할 수 있다. 매월 첫 토요일에는 오후 7시부터 11시 30분까지 〈기도와 찬미의 밤〉이라는 프로그램이 진행된다(자세한 내용은 홈페이지 참조).

약현성당 6

저 아래로 '바쁜 서울의 삶'이 시야에 들어왔
다. 마감이 임박하여 이 일대에 널린 신문사들
이 더욱 분주해졌을 늦은 오후 시간. 나도 저렇
게 살았던 때가 있었다. 하루라도 바쁘지 않으
면 뒤처지는 것 같고, 아무 보람 없는 삶이라고
생각했던 시간이. 하지만 이제는 종이인형을
오려낸 듯 나만 저 곳에서 벗어나 있다. 자유일
까, 아니면 소외일까. 아무래도 상관없었다.

사랑에 빠질 때 그것을 이룰 가능성을 미리 헤아려야 하는 걸까. 이 문제를 그렇게 할 수 있을까. 그래서는 안 되겠지. 어떤 계산도 있을 수 없지. 우리는 사랑하기 때문에 사랑하는 거니까. 사랑에 빠진다는 것은 얼마나 대단한 일이냐! 한 여인이 사랑의 성공 여부를 미리 계산해본 후에 자신에게 접근하는 남자가 있다는 걸 알게 된다면, 어떤 반응을 보일지 상상해보렴. 그녀는 '절대 안 된다' 보다 더 극단적인 대답을 하지 않을까.

테오야. 그런 건 생각도 하지 말자. 우리가 사랑에 빠졌다면 그냥 사랑에 빠진 것이고 그게 전부 아니겠니. 그러니 실의에 빠지거나 감정을 억제하거나 불빛을 꺼버리지 말고, 맑은 머리를 유지하도록 하자. 그리고 '신이여 고맙습니다. 저는 사랑에 빠졌습니다.' 하고 말하자.

| 반 고흐, 《영혼의 편지》 |

한 분야에 천재가 되면 모든 일에 다 통하는 모양이다. 고흐는 사랑의 통찰에서도 대가다웠다.

하지만 현실에서는 매번 그처럼 "신이여, 고맙습니다. 저는 사랑에 빠졌습니다."라고 할 수만은 없다. "아이쿠! 하느님, 이를 어쩌죠? 사랑에 빠져버렸어요!" 하는 때도 있는 것이다.

언젠가 회사동료 둘이 서로 눈이 맞아 무단결근을 하는 바람에 큰 소동이 벌어진 적이 있었다. 집에서도 그들의 행방을 몰랐다. 결국 그들이 증발해버렸다는 사실이 확인되었을 때, 사람들은 나에게 달려와 어떻게 된 일이냐고 물었다. 하지만 나야말로 이게 무슨 일이냐고 묻고 싶었다.

흔히 사랑과 기침과 가난은 숨길 수가 없다고 한다. 이론은 그렇지만 타인에게 지독히도 무신경했던 나는 아무것도 눈치채지 못했다. 서로 바라보고 웃으면 '즐거우니까 웃는 거겠지,' 약간의 스킨십이 있어도 '친하니까 그런 거겠지,' 같이 퇴근을 해도 '같은 방향이니까 함께 가겠지' 생각했고, 먼 곳에 있는 식당으로 점심을 먹으러 가면 "와! 역시 우리는 다 미식가야!"라며 신나게 따라나섰다. 놀랍게도 다른 사람들은 모두 둘 사이를 의심하고 있었다. 그래서 항상 같이 다니던 내가 이 사랑의 도피행각에 대해 뭔가 알고 있으리라 믿었던 것이다.

누군가는 내게 이렇게 말했다.
"하긴 몰랐으니까 둘 사이에 끼어 있었을 거야, 알고서야 그럴 수 없지."

맙소사, 나는 그냥 둘 사이를 오해받지 않게 보호해준 방패에 불과했던 것이다. 외국으로 도망까지 가면서 많은 사람들을 애태우던 그들은 머잖아 제자리로 돌아왔다. 처음엔 나를 속인(?) 그들에 대해 화가 나고 서운했다. 하지만 막상 그들, 특히 여자 후배를 보자 타버린 재라는 게 저런 걸까 싶을 만큼 마르고 초췌해진 모습에 가슴이 아팠다.

회사도 그만두고 은둔하다시피 한 그녀를 집 근처로 찾아가 불러낸 뒤 카페에서 마주 앉았을 때, 나는 이런 이야기를 했다.

"바보, 나한테는 말하지 그랬어. 난 그 사람 아내 얼굴은 모르지만 너는 아니까, 무조건 네 편인데."

한참 울어서 퉁퉁 부어 있던 그녀가 조심스레 내 눈을 올려다보았다.

"언니가 날 욕할 줄 알았어요."

"사람이 사람 좋아한다는데 무슨 죄가 있겠어?"

더이상의 잔소리는 생략한 채 나는 그녀를 근처 서점에 데려가서 사랑에 관한 책 한 권을 사주었다. 감기 걸린 아이에게 약봉지를 안기는 심정으로, 사랑이라는 교통사고로 입은 상처에 붕대를 감아주는 마음으로, 다음 사랑은 부디 실패하지 않았으면 하는 바람으로.

그땐 내가 신앙을 떠난 상태라서 그녀에게 '그건 간음이야, 절대로 안 되는 일이야' 하는 고리타분한 조언은 하지 않을 수 있었다. 설사 신앙이 있었다 하더라도 내 조언은 크게 다르지 않았을 것이다. 일부러 누군가에게 고통을 안기기 위해 계획한 일은 아니었을 테니까. 게다가 저렇게 몸과 마음으로 그 일에 대한 대가를 처절하게 치르고 있

사랑하는 사람은 사랑받는 사람보다
더 신(神)적일 것이다. 그 이유는 사
랑하는 자 안에는 신이 있지만, 사랑
받는 자 안에는 신이 없기 때문이다.
| 토마스 만, 〈베니스에서의 죽음〉 |

잖은가.

나는 사랑은 교통사고이며 인간의 의지로 만들거나 없앨 수 있는 일이 아니라고 믿는다. '왜 멀끔한 이 총각을 좋아하지 않고, 저 늙수그레한 유부남을 좋아하는 거냐!' 고 따지는 일은 무의미하다. 사랑이야말로 삶이 신비로 가득하다는 증거다.

2. 겨울 성당

삶은 때로 내 의지나 계획과는 무관하게 멋대로 뻗어간다. 누구나 나름의 인생 계획을 열심히 짜고 그 방향으로 달려보지만, 문득 돌아보면 자기 예상과 다른 곳에 홀연히 서 있는 제 모습을 발견한다. 그래서 '절대로'라든지 '반드시' '기필코'라는 단어는 나이가 들어갈수록 삼가게 된다. 대신에 '그럴 수도 있지' 가 많아진다. 느슨해진다기보다는 겸허해진다고 하는 게 옳을 것이다.

서울 한복판에 있는 이 성당을 찾아간 일도 애당초 계획에는 없었다. 나는 집에서 먼 곳, 서울이 아닌 낯선 곳에 있는 성당에 가고 싶었고 나름의 리스트를 만들었다. 하지만 오랜만에 연락을 해온 후배와 이야기를 하던 중 "서울 어딘가에서 '되게 예쁜' 오래된 성당을 본 적이 있어요!" 하는 말에 금방 솔깃해졌다. 우리는 기억을 더듬고, 추리를 보태 마침내 그곳을 찾아냈다. 약현성당이었다.

약현성당은 서울 중림동, 한국경제신문사 근처에 있다. 지하철역으로는 2호선 충정로역과 연결된다. 일 때문에 종종 그 동네를 오갔던 나지만 역시 등잔 밑은 어두워서 그곳에 오래된 성당이 있다는 것은 까맣게 몰랐다.

> 별들에게 껌을 팔았다.
> 지게꾼들이 지게 위에 앉아 떨고 있는
> 서울역에서 서부역으로 가는 육교 위
> 차가운 수은등 불빛이 선로 위에 빛나는 겨울밤
> 라면에 말은 늦은 저녁밥을 얻어먹고
> 양동에서 나온 소년
> 수색으로 가는 밤기차의 기적 소리를 들으며
> 별들에게 껌을 팔았다
> 밤늦도록 봉래극장 앞을 서성거리다가
> 중림동 성당의 종소리를 듣는
> 겨울소년.
>
> | 정호승, 〈겨울소년〉 |

중림동 성당은 약현성당의 또 다른 이름이다. '약현'이라는 이름이 붙은 이유는 성당 주변이 '약초밭이 있는 고개'라는 뜻의 약전현 藥田峴 이라고 불렸기 때문이라던가.

누군가 선물해준 《서울의 예수》라는 시집에 이 〈겨울소년〉이 들어 있었는데, 우연의 일치인지 내가 이 성당을 찾은 것도 겨울날이었다. 이 시에서는 약현성당의 그 어떤 모습도 상상할 수 없지만, 왜 굳이 껌 파는 소년이 등장했는지는 시장 길을 걸으면서 짐작할 수 있었다. 충정로역에서 나와 어수선한 시장 길을 걸어오다가 '혹시 이쯤인가?' 싶어 고개를 돌리자 성당으로 올라가는 계단과 오르막길이 보였다. 성당 정문을 경계로 이쪽은 복잡한 현실세계, 저쪽은 평화로운 영적 세계가 펼쳐지는 것이다.

코트 주머니에 넣었던 손을 빼고 천천히 비탈진 길을 걸어 올라갔다. 왼쪽으로 십자가의 길이 시작되는 보도블럭 길이 보였다. 그리고 서서히 빨간 벽돌의 약현성당 모습이 드러났다. 그동안 본 다른 성당들도 모두 빨간 벽돌 건물이었는데, 약현성당의 벽돌은 세월과 비바람에 빛바랜 다른 성당들에 비해 색이 너무 선명하고 곱다. 1892년에 지은 한국 최초의 서양식 벽돌조 건물이라더니, 왜 이렇게 깨끗한 신상품(?) 같을까. 알고보니 1998년도에 화재가 났고 당시 보수공사를 할 때 변색된 벽돌을 다 걷어낸 뒤 새 벽돌로 교체했단다.

성당 뒤편으로 가자 중림동 일대가 내려다보이는 곳에 성모자상이 서 있다. 아기예수님을 안고 있는 성모님 앞에는 쌀쌀한 날씨에도 불구하고 예쁜 꽃을 꽂은 화병이 놓여 있었다.

저 아래로 '바쁜 서울의 삶'이 시야에 들어왔다. 마감이 임박하여 이 일대에 널린 신문사들이 더욱 분주해졌을 늦은 오후 시간. 나도 저렇게 살았던 때가 있었다. 하루라도 바쁘지 않으면 뒤처지는 것 같고,

일년에 한 번 정도, 나를 위해 꽃을 살 때가 있다. 죽을 것 같이 힘들 때, 생의 환희를 상징하는 꽃의 격려라도 필요할 때. 성모상과 제대에 꾸며지는 꽃들은 더 많은 사람들을 위한 사랑과 위안일 것이다.

아무 보람 없는 삶이라고 생각했던 시간이. 하지만 이제는 종이인형을 오려낸 듯 나만 저 곳에서 벗어나 있다. 자유일까, 아니면 소외일까. 아무래도 상관없었다.

언젠가 새로 회사를 옮긴 뒤 바로 이 근처 어디에선가 선배와 만난 적이 있었다. 선배! 저 회사 옮겼어요! 열심히 일할 거예요! 들떠 있던 내게 선배는 말했다. 수입 자동차 홍보? 야, 넌 그런 일하고 안 어울려. 넌 네 글을 써야 해. 그땐 축하는 못해줄망정 이게 무슨 찬물인가 싶어 서운해했는데 결국 나는 이렇게 나만의 길을 걷고 있었다. 때론 내 꿈을 내가 아닌 제3자가 먼저 알아채는 경우도 있는 모양이다.

3. 크리스마스 그리고 외로움

이제 슬슬 성당 내부가 궁금해져서 안으로 들어가볼까 하는데 정장을 입은 50대 중년 신사가 잰 걸음으로 내 앞을 가로질러 성당 안으로 들어섰다. 너무 당당한 걸음이라, 순간적으로 미사를 준비하는 신부님이 사복을 입고 들어가셨나, 하는 착각이 들었다. 내가 따라 들어갔다가는 괜한 방해가 될 것 같아 밖에서 10분쯤 서성였다. 웬 여성이 꽃을 한아름 안고 그 안으로 들어가기에 열린 문으로 살짝 들여다보았더니 텅 빈 성당 안에 아까 그 신사가 조용히 앉아서 묵상을 하고 있었다. 근처 회사에 다니는 분이 잠깐 시간 내서 성당에 들른 모양이다.

그제야 마음을 놓고 나도 성당 안으로 들어갔다. 그날 본 약현성당의 제대며 성전은 숨막히게 아름다웠다. 성전 위로 보이는 화려한 스테인드글라스 창, 그 밑으로 빨간 포인세티아 화분이 여섯 개. 그것도 모자라 중앙으로 새 꽃장식이 한창이었다. 다른 날도 아니고, 그날은 크리스마스이브였으니 어쩌면 당연한 몸단장이었다. 그리고 이 좋은 성탄전야에 나는 홀로 시간을 보내고 있는 것이다.

그때, 사랑의 도피행각을 벌인 회사 후배에게 싫은 소리를 하지 못했던 데는 다른 이유도 있었다. 솔직히 그녀의 용기가 부러웠던 것이다. 아무리 누군가를 사랑한다 해도 나는 내가 무너지면서까지, 내 것을 모두 버리면서까지 그럴 수는 없었다. 손익계산서를 꺼내 계산기를 두드려보고, 이러이러한 이점이 있다는 판단이 들 때만 마음을 열었을 테니까. 유부남을 좋아한다고? 그럴 수는 없지! 도덕적으로 안 되는 게 아니라, 내가 손해를 볼 게 뻔하니까. 같이 멀리 떠난다고? 가만 있어봐. 내일 약속이 몇 가진데, 그건 도저히 안 되겠는걸.

사랑이 순탄치 않을 때엔 역술인을 찾아가 점을 친 적도 있었다. 사랑에서조차 하나도 손해보고 싶지 않다는 남루한 심보였다. 결국 사람은 자신이 믿는 만큼 얻는다. 100퍼센트 믿으면 100퍼센트를, 50퍼센트를 믿으면 50퍼센트를. 그렇게 사람을 온전히 믿지 못해 거리를 두고 저울질했던 끝에 남은 것은 무엇인가. 사람과 사랑에 대해서는 늘 자신을 잃고, 할 말이 없어지는 나. 그런 내가 다시 크리스마스이브를 혼자 맞이하는 건 너무 당연했다.

연애라는 게임에서 이기기 위해 감정을 아꼈던 승자들은 깨닫게 될 것이다. 사랑은 승자와 약자로 나뉘는 게임이 아니라, 마음을 비우고 떠나는 사람과 후회하며 남겨진 사람으로 나뉘는 게임이라는 것을. | 조진국, 《고마워요, 소울메이트》|

내가 지켜보는 동안 성전은 점점 화사하게 피어났다. 약현성당 제대가 완벽하게 성탄 준비를 끝냈을 무렵 나는 그곳을 빠져나왔다. 여전히 성탄의 의미를 이해하지 못한 채, 애인 없는 여자가 유독 더 쓸쓸해지는 휴일로만 받아들이는 채로.

그날 밤 나는 성경을 펼쳤다. 도대체 성경에서는 사랑이나 불륜에 대해 뭐라고 할까, 궁금했다. 내 상상 속에서 가장 남자답고 강인한 이미지인 바오로 사도는 말한다.

> 불륜을 멀리하십시오. 사람이 짓는 다른 모든 죄는 몸 밖에서 이루어지지만, 불륜을 저지르는 자는 자기 몸에 죄를 짓는 것입니다. 여러분의 몸이 여러분 안에 계시는 성령의 성전임을 모릅니까?
>
> | 〈코린토전서〉 6:18~19 |

너그럽다 못해 느슨한 내 연애관에 비하면 이분은 정말 단호하다. 글이 아니라 목소리로 이런 말을 듣는다면 정말 오금이 저릴 듯하다. 이후에 나오는 구절에서도 남녀문제에 대해 결코 너그럽지 않다. 심지어 '남자는 여자와 관계를 맺지 않는 것이 좋다'고 하며, 지금 혼자인 사람은 계속 혼자 지내라고 한다. 릴케의 불길한 시 〈가을날〉처럼, 지금 외로운 자는 오랫동안, 계속, 쭈우욱 외로이 머무르라는 것이다.

J선배 이후로도 계속된 사랑의 실패로 인해 언제부터인가 미리 사랑

을 계산하고 재단해왔던 내겐 이렇게 홀로 조용히 사는 편이 훨씬 쉽다. 하지만, 이제 난 학생주임 선생님 앞에서 반항하는 학생의 심정이 되어 이렇게 읊조린다. 아니라고, 그래도 사랑해야 한다고. 남들이 욕하는 불륜이든, 법으로 금지된 사랑이든, 사랑이 찾아왔을 때 외면해서는 안 된다고. 사랑하고 싶을 때 사랑할 수 없는 삶 따위, 살아서 무엇하느냐고.

예전엔 사랑이 참 쉬운 줄 알았다. 이 사람이 아니면 저 사람을 만나면 되는 게 아닌가, 세상은 넓고 사람은 많지 않은가 하고 생각했다. 그러나 누군가를 사랑한다는 건 자기 마음대로 되는 일도 아무 때나 가능한 일도 아니었다. 세상엔 '괜찮은 사람' '인상 좋은 사람' '착한 사람'이 참 많지만, 그런 이유로 사랑하게 되지는 않았다. 진짜 내 인연을 만나는 것은 전혀 별개의 일이었다. 만약 후배가 똑같은 고민을 또 내게 털어놓는다면, 나는 이렇게 말해줄 것이다. 진짜 이 사람이다 싶으면 손잡고 도망치라고. 이번에는 잡히지도 말고, 돌아오지도 말라고. 대신 그 인연에 깊이 감사하며 소중히 여기라고.

남녀 간의 뜨거운 감정보다 더 큰 범주의 사랑이 있고, 심지어 냉혹할 정도로 단호하게 억제하는 것이 더 깊은 사랑일 수도 있음을 깨닫는 날이 언젠가 내게 올지도 모르겠다. 하지만 그전까지는 고흐처럼 "오, 하느님! 전 사랑에 빠졌습니다!"라며 그 사랑에 몰두하는 쪽에 손을 들어주고 싶다.

#4. 눈 속의 약현성당

그로부터 한참 후, 서울에 폭설이 내렸다. 창문 밖으로 푸지게 쏟아지는 눈을 보고 있자니 눈 덮인 약현성당은 어떨까 궁금해졌다. 눈길을 달려 지방의 성당까지 찾아갈 용기는 없었지만 서울에 있는 약현성당이라면 안전하게 지하철을 타고 갈 수 있고, 초입의 경사로만 잘 이겨내면(?) 내가 기대하는 눈 덮인 성당을 볼 수 있으리라. 그리하여 나는 눈이 다 녹기 전 부지런히 약현성당으로 향했다. 사람이 걸어다니는 쪽은 이미 눈이 치워져 있어 완전한 설원은 아니었다. 순도 100퍼센트의 눈밭을 보려면 일기예보를 확인한 후 미리 약현성당에 와서 매복(?)하고 있다가 그 경사진 비탈길을 굴러내려올 각오를 했어야겠지. 하지만 약현성당의 지붕, 성탄절을 기점으로 성당마다 만들어 전시하는 마구간의 아기예수 모형, 약현성당의 주보성인 성 요셉 성상, 그리고 십자가의 길을 표시하는 14개의 바위 위에 소복이 쌓인 눈은 충분히 사랑스러웠다.

비온 다음 날처럼, 눈이 그치고 해가 나온 날에는 유난히 공기가 청명하다. 그래서였을까. 약현성당 곳곳을 둘러보고 난 뒤엔 마음까지 완전히 깨끗해진 것 같았다. 문득 성당 안으로 들어가 묵상을 해보고 싶었다. 아무도 없었고, 사방은 조용했고, 다른 스케줄도 없었다.

그런데 의자에 앉기가 무섭게 문이 열렸다. 나는 나쁜 짓이라도 하다

가까스로 쌓인 눈을 털어내고 깨어난 듯한 약현성당. 이 많은 눈은 누가 다 쓸었을까. 사람은 간 곳 없고, 배려의 흔적만 남은 성당은 지극히 고요하다.

들킨 것처럼 화들짝 놀랐다. 문을 열고 나타난 건 중년의 신사였다. 예전에도 나이 지긋한 신사 분이 홀로 오랜 시간 묵상을 했었는데……. 약현성당은 중년 신사들에게 인기 있는 성당인가, 하는 실없는 생각을 하며 일어선 순간 그분이 내게 말씀하셨다.

"잠깐만요!"

지금부터 종을 칠 텐데, 어느 종소리가 더 좋은지 알려달라신다. 약현성당 전례단에서 해설을 맡아 연습차 오신 분 같았다. 해설자는 미사 중 신자들에게 각종 절차에 대해 안내를 해주는 역할이며, 사제가 성체와 성자을 들어올리는 순간 신자들이 모두 집중할 수 있도록 종을 치는 임무도 맡는다. 나는 '도전!'이라고 말은 안 했지만, 자신 있다는 표정으로 고개를 끄덕였다.

"땡!" "땡~."

"자, 어느 게 낫습니까?"

나는 단호하게 첫 번째라고 말씀드렸다. 그렇게 내 임무를 마친 후 나는 총총히 가방을 챙겨들고 성당을 나왔다. 사실은 차이를 느낄 수 없었다. 내 귀가 그토록 둔한데, 혹시라도 "왜 첫 번째가 더 좋습니까?"라는 질문이 이어질까봐 겁이 나서 냉큼 나온 것이었다. 그분은 그날 미사 중 어느 종소리를 내셨을까. 내 말대로 첫 번째 종소리를 내셨을까, 아니면 '흠, 그 처자가 종소리는 들을 줄 모르더군.' 하며 두 번째 종소리를 내셨을까.

그날 내가 바라본 약현성당 제대 위에는 아무것도 없었다. 지난 크리스마스이브에 보았던 화려한 꽃의 향연은 완전히 사라졌다. 이토록 무상한 것이 세월이고, 아름다움이다. 살아 있는 지금 더 많은 것을 보고, 더 많은 것을 느끼고, 더 많은 것을 사랑해야 하는 이유다. 나는 그날 그 제대 위의 풍경을 좀더 열심히 보고 충분히 느끼지 못한 것을 후회했다. 아름다움을 향한 묵상은 신을 향한 경배만큼 중요할 수도 있는데, 무심한 마음은 모든 것을 놓쳐버리는 것이다. 무심해서, 무신경해서, 엉뚱한 데 신경 쓰느라 깨어 있지 못해서 놓친 건 또 얼마나 많을지……. 나는 눈 덮인 약현성당을 바라보며 한참을 서 있었다.

주소	서울시 중구 중림동 149-2
전화번호	02-362-1891
홈페이지	www.yakhyeon.or.kr
교통	지하철: 충정로역 5번 출구, 한국경제신문사를 지나 브라운스톤 · 종로학원 맞은편.
	자가용: 염천교 사거리 → 종로학원 사거리 → 우회전 → 한국경제신문사 앞 U턴 → 서울역 방향(500m) 우측.
여행정보	약현성당은 명동성당보다 6년 먼저 완공된 한국교회 최초의 서양식 벽돌 건축물이다. 약현성당 옆의 서소문 순교자 기념관에는 교리서, 성서, 각종 신심서적 및 전례 예식서, 각종 교회 출판물 그리고 13위 성인들의 유해와 본당 출신 김선영 신부의 유해, 미사종과 각종 유품들이 전시되어 있다.

가실성당 7

그제야 이 종교와 나 사이가 생각보다 훨씬 더 멀어져 있다는 생각이 들었다. 내가 미사 시간을 죽어라 피해서 성당을 찾아다니고 있는 것만 해도 그렇다. 성당과 나, 우린 화해는커녕 아직 서로 정식으로 인사도 나누지 못한 셈이었다. 이렇게 데면데면해서야 성당을 찾아다니는 일에 무슨 의미가 있을까?

#1. 김 추기경님의 마지막 모습

김수환 추기경님께서 선종하셨다. 2009년 2월 16일.

후배 아버님의 문상을 갔다가 강남성모병원에서 돌아온 지 몇 시간 안 되어 들려온 소식이었다. 한 번도 뵌 적 없기로는 후배 아버님이나 김수환 추기경이나 마찬가지였지만 내겐 추기경님의 선종 소식이 훨씬 더 충격이었다. 자식들은 부모가 마치 영원히 살 것처럼, 늘 옆에 계실 것처럼 생각한다. 내게 김수환 추기경님은 그런 대상이었다. 연로하여 공개석상 나들이는 못하시더라도 늘 우리 곁 '어딘가'에 계시리라는, 바람이기도 하고 희망이기도 한 믿음이 늘 한구석에 자리하고 있었다. 그런데 결국 이렇게 떠나시는구나.

신앙생활을 포기했던 내가 그래도 가톨릭에 대한 호감을 저버리지 않을 수 있었던 가장 큰 이유이자 상징적 존재였던 분. 저 연세에 저만한 지성과 저만한 인격과 저만한 위트를 가진 인물이 또 어디에 있을까 하며 늘 감탄했던 분. 나는 금고 속에 보관해둔 소중한 보석 하나를 잃어버린 듯한 상실감에 빠졌다. 우리 사회의 영적인 면이 딱 그만큼 가난해진 것 같았다.

그렇다고 명동성당까지 달려갈 엄두는 나지 않았다. 추운 날씨에도 조문객이 줄을 잇는다고 했다. 나야 가톨릭의 복잡한 의식들을 많이 까먹었으니 가보았자 인파 속에서 우왕좌왕할 게 뻔했다. 대신 며칠 뒤 치러진 장례미사를 TV중계로 내내 지켜보았다.

방송진행을 돕던 한국천주교주교회의 소속 김화석 신부님이 전해주신 김 추기경님의 말씀은 푸석했던 마음을 적셔주었다.

"신앙은 머리에서 가슴으로 이르는 여행이다. 나는 그 여행을 마치는 데에 70 평생이 걸렸다."

시위대를 잡으려고 명동성당으로 달려든 경찰들에겐 이렇게 말씀하셨단다.

"나를 밟고 가라…… 내 뒤엔 신부들이 있을 것이고 그 뒤엔 또 수녀들이 있을 것이고 그 다음엔 학생들이 있을 것이다……."

길고 길었던 장례미사가 끝날 무렵이 되자 끝까지 또랑또랑했던 아나운서와는 달리, 김 신부님은 말을 잇지 못할 정도로 몹시 흐느껴 우셨다. 방송 출연한 분이 저렇게 우실 정도라니……. 저분도 추기경님의 선종이 많이 아쉬우셨구나.

삶과 죽음을 초월하고 부활을 희망하는 것을 모토로 하는 종교의 세계에서 죽음을 지나치게 슬퍼하는 건 모순이 될 수 있다. 그럼에도 신부님의 울음에 덩달아 가슴이 뭉클해졌고 나도 그분을 따라 흐르는 눈물을 훔쳤다. 노환에 따른 불면증과 육체적 고통이 극심하셨다는데 그 고통이 이제 끝이 났다는 사실에 위안하기로 했다.

나는 몇 주 뒤 녹화해두었던 그 장례미사를 다시 보았다. 그런데 무언가 좀 이상했다. 자, 이제 신부님이 흐느껴 우시겠지, 하며 아무리 기다려도 우시는 장면이 나오지 않는 것이다. 말수가 줄고 조금 목소리가 작아졌을 뿐, 화면으로 우는 모습이 나온 것도 아니었다. 그런데 나는 왜 신부님이 많이 우셨다고 생각했을까. 그날 그토록 흐느껴 운 사람은 누구였던 걸까. 그 미스터리를 풀지 못한 채, 3월의 어느 날 나는 경상북도 칠곡에 있다는 가실성당으로 향했다.

2. 고맙습니다, 서로 사랑하세요

가실성당은 칠곡군 왜관읍 낙산리에 있다는 이유로 낙산성당으로도 불렸다. 그러나 낙산마을의 전통적인 이름은 가실이고, 이제는 가실성당이라는 명칭으로 완전히 자리잡았다. 영화 〈신부수업〉의 촬영지로 유명한 가실성당은 내가 아직 경상도 지방의 성당에 가보지 못했다는 점이 아쉬워서 일부러 고른 곳이었다.

낙산리 일대는 낙동강 근처의 작은 마을로 조선시대에는 가실 나루터와 강창 나루터가 있는 곳이었다고 한다. 이곳에 처음으로 천주교가 전파된 건 1784년, 한국 천주교 창립 때 한학을 공부하던 성섭이라는 학자가 과거시험에 몇 번 낙방한 뒤 출세를 포기하고 글공부에만 전념하다가 만년에 천주교 교리를 받아들이면서부터였다. 이후 성섭의 증손자인 성순교가 1860년 경신박해 때 상주에서 순교하였다. 1886년

신 고딕 양식을 띤 로마네스크 건축
양식으로 지어진 가실성당. '믿음,
희망, 사랑' 이라는 표어처럼 단단하
고 확고한 모습 안에 사랑과 희망을
가득 품고 있는 듯하다.

한불수호조약 체결 이후 프랑스 선교사들은 비로소 자유롭게 포교활동을 할 수 있게 되었는데, 1894년 빠이아스 신부가 처음 칠곡 신나무골에 도착하여 이곳 가실에 자리를 잡고 1895년 9월 정식으로 가실성당을 설립했다(현재의 성당은 1923년에 완공). 당시에는 가실성당 관할에 칠곡, 성주, 김천, 선산, 상주, 문경, 예천, 군위, 영천 지방 31개 공소가 있었고 본당 신부가 각 공소에 매년 말을 타거나 도보로 2회 이상 순회하면서 사목을 했다고 한다.

　성당들이 워낙 보이지 않는 곳에 숨어 있어 찾아갈 때마다 애를 먹곤했지만 이번만큼은 행운이 따라주었다. 왜관지방산업단지를 왼쪽으로 두고 낙동강을 향해 달리다가 갈림길과 맞닥뜨렸을 때 별 생각 없이 주사위를 던지는 기분으로 핸들을 왼쪽으로 꺾었는데, 당첨이었다. 그 길에서 '가실성당' 표지판을 발견한 것이다! 어쩌면 이런 '벼락같은' 성취감 때문에 내비게이션의 편리함에 내가 선뜻 손 내밀지 못하는 것이리라.

　성당 입구 너른 주차장에 차를 세웠다. 성당을 향해 가려는데 주차장 한 귀퉁이에 놓인 특이한 바위가 보였다. 바위 위에 뭔가 새겨져 있었다. 길 위에 올라가 내려다보니 놀랍게도 피에타 부조였다. 키 큰 사람이었다면 좀더 일찍 알아챘을 텐데. 그후로도 가실성당은 몇 번이나 기대치 않은 아름다움을 내게 선사했다.

　성당을 향해 올라가는 길에는 한 달 전 선종하신 김 추기경님을 추

봄볕을 맞으며 천천히 가실성당을 향해 올라가던 길에 만난 김 추기경님의 말씀. "고맙습니다. 서로 사랑하세요."라는 메시지는 단순하고 소박하지만 욕심 많은 인간에게는 정작 너무 어렵고 요원한 길일 수도 있다.

모하는 현수막이 걸려 있었다. "고맙습니다. 서로 사랑하세요." 추기
경님께서 남긴 유언이었다. 추기경이자 한국 가톨릭의 역사인 분이 어
쩜 저렇게 소박한 말로 생의 마지막을 장식하셨는지. '여러분, 제 육신
은 떠나지만 마음만은 여러분 곁에 항상 있을 것입니다.'라든지 의식
이 허락하는 한 멋지고 그럴싸한 말을 A4용지 한 페이지 가득 남길 수
도 있으셨을 텐데. 나 같은 사람은 죽었다 깨어나도 도저히 그분의 깊
이를 가늠할 수 없으리라.

#3. 파리, 페르라세즈 묘지의 추억

햇살이 환한 그 길을 나는 계속 걸어 올라갔다. 나뭇가지는 여전히 앙
상했지만 개나리의 노란 빛이 피워올린 봄의 향기에 겨울의 흔적은 저
만치 밀려나 있었다. 그리고 내 눈에 들어오는 가실성당. 공세리성당
이나 나바위성당처럼 익숙한, 낡고 붉은 벽돌 건물 맞은편에는 성가정
상이 단아한 자태를 뽐냈다.

  늘 그랬듯이 성당 뒤편을 돌아 십자가의 길을 찾아서 산을 올랐다.
'숲속의 십자가의 길'이라는 안내판과 각 처마다 걸린 동양화가 손숙
희 씨의 그림이 보였다.

  이 숲길은 조금 길고 험했다. 오른쪽으로는 심하게 비탈이 져서 깜
박 실수하면 밑으로 굴러떨어질 판이었다. 극도로 조심하면서 마지막
14처에 이르고 나니 약간 멍한 상태가 되었다. 갑자기 시간과 공간에

나 의
아름다운
성당기행

124

대한 감각이 사라졌다. 초등학교에 입학도 하기 전, '망태산'이라 불리던 뒷산에 올라가 아카시아 나무에 매달려 놀다보면 꼭 이렇게 멍하니 지치곤 했었지. 그 시절 궁금했던 수많은 것들을 어른이 되면 전부 다 알게 될 줄 알았는데…….

'사람은 어디에서 와서 어디로 갈까?' 어릴 때부터 스스로에게 수없이 던져온 이 질문에 대해, 그때보다 조금이라도 더 깨우친 것 같지가 않다. 수십 년을 살아도 인간으로선 알 수 없는 것들이 있다니, 혹시나 내게 영원한 미결과제로 남을까봐 가슴이 먹먹했다. 추기경님의 말씀처럼 '머리가 아닌 가슴으로 이해하는 때'를 기다리면 되는 걸까?

언젠가 잠시 파리에 머물게 되었을 때, 나는 페르라세즈 묘지를 찾았다. 죽음마저 상품화시켰다는 오명을 듣는 곳이기도 하지만, 혼자 조용히 걷고 싶던 내겐 무척 매력적인 장소였다.

여인네들의 키스마크가 가득했던 오스카 와일드의 묘, 방금 연주회를 마친 듯 꽃다발에 파묻혀 있던 쇼팽의 묘, 거대한 저택의 대문 같던 로시니의 묘, 납골당에 이름이 남겨져 있던 이사도라 던컨까지 확인하고 마지막으로 에디트 피아프의 묘를 찾던 중 갑자기 소나기를 만났다. 그냥 비를 맞다가는 다 젖어버릴 것 같아 급한 대로 가까이 있던 묘비 속으로 뛰어 들어갔다. 속이 빈 관을 세워놓은 구조라서 사람 한 명 정도는 들어갈 공간이 있었던 것이다. 공포영화만 봐도 밤새 잠 못 이루고 뒤척이던 겁쟁이가, 거미줄이 내려오고 돌 십자가만 덩그러니

십자가의 길을 향해 오르며 만난 봄꽃들. 생의 절반 가
까운 시간 동안 나는 꽃들에 무심했고, 봄날에 무심했
고, 삶의 변화에 무심했다. 작은 것에 눈길을 주면서
내 마음도 조금씩 열려갔다.

놓인 1700년대 이방인의 낡은 무덤 속에 들어가다니!

처음엔 숨을 쉬지 않으려고 애썼다. 이 안의 공기를 들이마셨다간, 아주 오래된 나쁜 것이 내 안에 들어올 듯해서였다. 묘비 속에 들어가서 죽지 않겠다고 숨을 참으며 버티는 어이없는 상황. 하지만 이렇게 '살기 위해' 계속 숨을 참다가는 오히려 죽을 터였다. 나는 다시 숨을 쉬기 시작했고 그 순간 문득 삶과 죽음, 무심과 공포의 경계가 사라지는 것을 느꼈다. 살아서 무덤 속에 있거나, 죽어서 묻혀 있거나 뭐가 다른가. 나는 이미 죽은 사람이라고 해도 이상할 게 없었다. 더이상 두려움도 거부감도 없이 묘비 속에 선 채, 쏟아지는 빗줄기를 20분 넘게 바라보았다. 하지만 그렇게 삶과 죽음의 경계가 와해되던 순간에도 내 오랜 의문은 풀리지 않았다.

알 수 없는 죽음 너머의 세계는 잊어버리라고 하셨던 현실주의자 공자님. 그분도 수많은 날 고뇌와 번민을 거친 뒤에 두 손 두 발을 들어버린 것인지도 모른다. 나도 일찌감치 이런 문제는 접어두어야 했다. 하지만 어리석은 인간은 버려야 할 것과 그렇지 않은 것을 구별하지 못한다. 그리고 너무 늦게 그것을 깨닫는다. 이루어질 수 없는 사랑에 연연하는 바보처럼, 나도 그랬다. 이제야말로 그런 집착을 놓고, 삶이 저절로 제 비밀을 드러내는 때를 기다려야만 한다는 생각이 들었다.

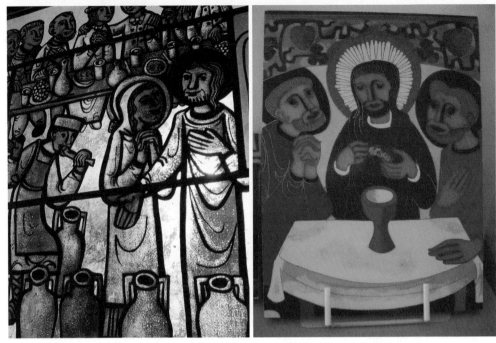

예수님의 첫 번째 기적이 일어났던 '카나의 혼인잔치'를 형상화한 색유리화. 그리고 감실의 그림을 본떠서 누군가 그려놓은 '엠마오' 액자.

4. 종교와 나, 그 회복할 수 없는 거리

나는 휘청휘청 산길을 내려와 신을 벗고 가실성당 안으로 들어갔다. 화려하지는 않지만 하얀 벽 저편의 제대는 단출한 아름다움을 간직하고 있었다. 나중에 알았지만 성체를 모시고 있는 감실에 그려진 '엠마오(엠마오라는 마을로 가던 두 제자를 만나 함께 저녁을 드시는 부활한 예수님의 모습)' 그림은 국내 유일의 칠보작품이라고 한다. 고개를 돌리니 들어오는 햇살을 곱게 채색해주는 색유리화가 눈에 띈다. 놀랄 만큼

정교하고 아름다웠다. 역시 나중에 알았지만 감실의 칠보 그림을 그린 독일의 에기노 바이너트 씨의 작품이라고 한다. 성경에 나오는 예수님의 일생을 40개의 색유리화로 표현한 것이라고.

색유리화에 정신이 팔려 있다가 문득 주보 등을 쌓아놓은 성당 출입구 쪽에서 김수환 추기경의 사진과 약력이 담긴 상본과 함께 〈매일미사〉라는 책을 발견했다. 김수환 추기경의 상본은 바로 한 장 가졌는데, 〈매일미사〉 3월호라니? 이게 뭐지? 주르르 펼쳐보니 날짜별로 미사 시간 중에 읽을 성경 내용과 기도문이 한 달 단위로 인쇄되어 있었다.

내가 성당에 다니던 시절에는 없었던 아이템(?)이다. 많은 변화가 생겼구나. 이런 게 생길 정도면 미사 과정도, 기도문도 예전과는 많이 달라졌으리라. 내가 기억력 과시용으로 외우고 있던 주기도문도, 성모송도 어쩌면 소용이 없을지 모른다.

그제야 이 종교와 나 사이가 생각보다 훨씬 더 멀어져 있다는 생각이 들었다. 내가 미사 시간을 죽어라 피해서 성당을 찾아다니고 있는 것만 해도 그렇다. 성당과 나, 우린 화해는커녕 아직 서로 정식으로 인사도 나누지 못한 셈이었다. 이렇게 데면데면해서야 성당을 찾아다니는 일에 무슨 의미가 있을까?

내가 맨 처음 기대했던 것을 떠올려보았다. 아름다운 공간에서 충만한 기도와 축복을 체험하고 싶다던 바람! 미사 시간이야말로 그 바람을 실현할 수 있는 최적의 현장이었다. 아무리 신자로서의 삶을 원하지 않는다 해도 굳이 미사 시간을 피하는 건 내가 기대한 그 좋은 것들을 거부하는 셈이었다. 미사에 들어간다고 누가 억지로 신앙을 강요하는 것도 아닌데 나 혼자 잔뜩 경계한다니, 조금 우습기도 했다. 그리운 것도 있었다. 바로 성가들! 내가 사랑했던 그 노래들이 아직도 성당 안 가득 울려 퍼지고 있는지 궁금해졌다.

나는 공세리성당에서 느꼈던 갈등을 이제는 정면 돌파하기로 했다. 그것은 미사시간을 피해서가 아니라, 미사시간에 맞추어 성당에 가는 것으로 시작되어야 했다.

#5. 눈물

며칠 후 나는 김수환 추기경 장례미사 장면을 다시 보았다. 장례미사가 끝날 무렵이 되었다. 눈물이 하염없이 쏟아졌다. 그제야 그날 방송을 보며 펑펑 운 사람은 TV 속 김 신부님이 아니라 나였을지도 모른다는 생각이 들었다. 그렇게 생각하니 차라리 마음이 편했다. 이토록 아름다운 분을 영원히 보내는 길, 내가 드릴 수 있는 건 오직 진심에서 우러나오는 이 눈물뿐이었으니까.

신자인 것, 양심을 지키는 것, 진실을 추구하고 정의를 구현하는 것이
아무리 모험이요 위험일지라도, 불의와 부정의 힘이 아무리 강하더라도,
이에 굴하지 않고 용감히 정의를 위한 십자가를 지고 가는 사람, 그가
바로 빛입니다.

가실성당 안을 내 집 마당인 양 마구 돌아다니던 나를 줄곧 지켜보셨을 성모상. 여전히 내 시선에는 쑥스러움
과 어색함이 가득했지만, 내게 돌아온 것은 '그래도 괜찮아.' 하는 너그러움이었다.

폭력이 진실을 거짓으로 만들지라도 이에 굴하지 않고

끝내 진실의 십자가를 지고 가는 사람, 그가 바로 빛입니다.

모두가 남을 돌보고 남과 함께 잘살아야 되겠다는 생각보다 자기만은 살아남겠다는 이기주의에 빠져 있을지라도

남을 위해 자신을 희생해가면서 이웃 사랑의 십자가를 지고 가는 사람, 그가 바로 빛입니다.

미움이 있는 곳에 사랑을 심고, 분열에는 일치를, 불신에는 믿음을, 절망에는 희망을, 슬픔이 있는 곳에 기쁨을 심기 위해 자신을 불태우는 사람, 그가 곧 빛입니다.

| 1979년 10월 9일 꾸르실료 대회에서, 故 김수환 추기경 |

주소	경북 칠곡군 왜관읍 낙산1리 764
전화번호	054-976-1102
홈페이지	www.gasil.kr
교통	버스: 왜관 남부 정류장에서 0번이나 250번 버스(금남-동곡 방향) 15분 소요. (출발시간: 07:50/08:20/11:00/13:40/16:00/17:25/18:30/19:00) 자가용: 왜관IC에서 대구 방향, 500미터 후에 우회전, 왜관 공업단지에 들어가서 끝(삼거리)까지 가다가 좌회전, 2.7킬로미터 직진하면 가실(낙산)성당의 이정표가 보임.
여행정보	같은 왜관에 있는 성베네딕토회 왜관수도원(www.osb.or.kr/ 054-970-2000)의 성당도 낮 시간에는 일반인에게 개방된다. 성베네딕토회 왜관수도원 소속 독일인 현익현(바로톨로메오) 신부님이 가실성당의 주임신부님이시기도 하다.

양양성당 8

목요일 아침임에도 생각보다 빈 자리는 많지 않았다. 어쩌면 같은 시각 전국, 아니 전세계의 수많은 성당에서 이처럼 미사가 거행될 것이다. 그 사람들이 모두 같은 마음과 같은 지향으로 기도를 한다면 그 힘은 얼마나 폭발적일까. 그것이 이 세상을 파괴와 멸망으로 빠지지 않게 꼭 붙드는 힘일 테지. 호밀밭의 파수꾼처럼.

#1. 내 삶에 숨어 있던 가톨릭

개신교 교회 건물과 성당 건물은 어떻게 다를까. 눈썰미라고는 약에 쓰려 해도 없는 나지만 여러 성당을 다니다보니 몇 가지 구별법이 생겼다. 앞에서도 썼듯이 성당은 멀리서는 절대로 안 보인다. 멀리서부터 보이는 것은 100퍼센트 개신교 교회다. 성당 지붕에는 닭이 달려 있거나 ☧라틴어로 라바룸labarum이라고 하며, 그리스도라는 명칭을 그리스 문자로 쓴 'XPI∑TO∑'의 처음 두 글자 카이X와 로P를 겹쳐놓은 것 표시가 있다. 뜰에는 성모상과 각 성당의 주보성인상이 있다. 개신교에서는 성상을 우상으로 생각하기 때문에 이런 성상을 세우지 않는다. 또한 벽면 십자가에 예수님이 달려 있으면 성당이고 예수님 모습 없이 십자가 모양이 매끈하면 개신교 교회다. 아울러 성당에는 성전에 빨간 불빛이 들어오는 감실(예수님의 성체를 모시는 곳)이 있고 좌우 벽면에 십자가의 길을 상징하는 14처의 그림이나 부조가 있다. 고딕 풍 성당이라면 입구 정면에 보이는, 스테인드글라스로 장식된 커다랗고 둥근 창도 빼놓을 수 없다. 이것을 '장미창'이라고 하는데 장미는 성모의 상징이다.

이런 지식이 없던 6년 전 뉴질랜드 크라이스처치에 갔을 때, 난 그곳의 대성당을 그냥 교회라고 생각했다. 지명에 'church'라는 단어가 포함됐으니 더욱 의심하지 않았다. 그저 동네의 랜드마크로만 인식한 채 대성당을 수채화로 그린 그림을 사와서 거실에 걸어둔 지 수 년째. 그런데 춘천의 양양성당으로 떠나기 며칠 전, 거실 청소를 하면서 무심코 그 그림을 들여다보다가 처음으로 그림 속 건물이 성당이라는 사실을 깨달았다. 성당만의 특징인 장미창을 발견했던 것이다. 아, 이 그림은 성당이었구나!

한 가지 더! 인터넷으로 가톨릭 자료를 검색하다가 나는 또 깜짝 놀라고 말았다. 7년 전, 내가 프라하에서 아무 생각없이 사온 크리스털 장식품이 '프라하의 아기예수상'이라는 정보 때문이었다. 스페인 남부 과달키비르라는 지역에 유명한 수도원이 있었다. 그곳에는 아기예수에 대해 깊은 신심을 간직한 수사가 살았다. 그에게 이느 날 아기예수가 나타나 자신의 모습대로 밀랍 인형을 만들어달라 했고, 세 살 가량의 아이가 대관식용 외투를 입고 왕관을 쓴 모습의 아기예수상은 한 후작 부인에게 전해졌다. 아기예수상을 어머니에게서 물려받은 후작 부인의 딸이 훗날 보헤미아, 즉 지금의 프라하 쪽으로 시집을 가게 되면서 아기예수상도 옮겨왔다. 아기예수상의 힘이었을까. 프라하는 적에게 점령되었을 때에도 아무런 피해가 없었다. 그 후로 '강력한 보호자'인 이 성상 앞에서 기원하는 모든 이는 은총과 평화와 자비를 무한히 받게 된다는 이야기가 전해진다.

난 그저 귀여운 '아기왕자'인 줄 알고 빨간색, 파란색으로 하나씩 샀

을 뿐인데! 성당 그림은 거실에, 아기예수상은 머리맡에 놓은 채 몇 년
을 지내면서도 종교적인 삶에서 아주 멀리 떠나왔다고 생각했다니! 늘
가까이 있던 어떤 것, 무심하게 바라보던 어떤 것을 이렇게 새롭게 발
견하는 일은 신선한 기쁨이 되었다.

물론 기독교 문화를 바탕으로 역사를 전개해온 서구 국가의 기념품
이 가톨릭 상징물일 확률은 결코 낮지 않다. 하지만 나는 왠지 이것이
그저 아무렇게나, 되는 대로 닥쳐온 우연 같지는 않았다. 내가 미사시
간에 맞춰 성당에 갈 결심을 하고 난 뒤에 번쩍 눈에 들어온 것이어서
더욱 그랬는지도 모르겠다.

#2. 목요일 아침미사

양양성당의 아침미사는 10시였다. 그 시간에 맞추어 가려면 새벽 6시
에 집에서 출발해야 했다. 졸린 눈을 부비며 서둘러 준비를 마친 뒤,
차에 시동을 걸었다.

양양은 어린시절 가족 여행을 하면서 보았던 문구 때문에 잊을 수
없는 곳이었다. 양양을 지날 때 어느 바위에 새겨진 '산 좋고 물 맑은
양양이라네~'라는 글을 본 뒤 오빠 언니들과 '양양이라네'를 노래처
럼 외우면서 웃었던 기억이 있다. 그래서 양양이라고 하면 그 턱없이
귀엽고 사랑스러운 자신감과 맑고 화사했던 햇살이 떠오른다.

나는 4월의 어느 날, 그 산 좋고 물 맑은 양양을 향해서 출발했다.

눈이 채 녹지 않은 4월의 강원도. 강원도에 대한 막연한 호감 덕인지, 이 겨울이라는 불청객의 꾸물 거림 앞에서도 나는 화가 나지 않았다.

초행길을 제 시간에 가야 한다는 부담과 정말 오랜만에 미사에 참석한 다는 긴장으로 나는 아무 생각 없이 달렸다. 강원도 경계를 넘자 4월 임에도 불구하고 여전히 산기슭과 곳곳에 눈이 쌓여 있었다.

　내게 강원도는 경기도, 충청도, 경상도 등과는 다른 느낌이다. 같은 엄마 밑에서 태어난 형제들 속의 유일한 배다른 아이 같다고나 할까. 항상 놀러만 갔던 곳이기에 '365일 휴일' 간판을 붙인 곳 같기도 하 고, 유난히 산이 많은 데다 겨울을 오래 품는 특성 때문에 깊은 경계선 이 그어진 다른 나라인 듯싶기도 하다. 쨍 하니 맑은 공기를 가르며,

강원도의 고갯길을 달리노라니 전혀 다른 이 풍광을 계속 즐기고 싶은 충동이 몰려왔다. 그러나 시간이 없었다. 저 앞의 다리만 건너면 양양 시내인데 시간은 벌써 9시 55분! 감만 믿고 성당을 찾기엔 시간이 너무 촉박했다. 나는 다짜고짜 경찰서 마당에 차를 세우고 달려 들어갔다.

"양양성당이 어디 있나요? 헉헉……."

조용한 이 마을에 무슨 큰일이라도 났나 싶어 눈이 동그래진 사람들 사이에서 다행히 한 경찰관이 '지금 왔던 길로 다시 되돌아가다가 디모테오 어린이집 표지를 향해 올라가면 보인다'고 알려주셨다. 나는 감사 인사도 건성으로 던진 채 경찰서를 뛰쳐나와 왔던 길을 다시 올라갔다. 정말 디모테오 어린이집 표지 옆에 오르막길이 보였다. 좀더 올라가니 사진으로만 보았던 양양성당의 하얀 벽이 나를 반긴다. 좁은 주차장에 가까스로 차를 세우고 나보다 훨씬 느린 걸음으로 올라오시던 어느 할머니보다 한 걸음 앞서 입장하니, 10시 5분. 가쁜 숨을 내쉬며 이 조용한 공간에 스며들었다.

목요일 아침임에도 생각보다 빈 자리는 많지 않았다. 어쩌면 같은 시각 전국, 아니 전세계의 수많은 성당에서 이처럼 미사가 거행될 것이다. 그 사람들이 모두 같은 마음과 같은 지향으로 기도를 한다면 그 힘은 얼마나 폭발적일까. 그것이 이 세상을 파괴와 멸망으로 빠지지 않게 꼭 붙드는 힘일 테지. 호밀밭의 파수꾼처럼.

6·25전쟁 중 퇴각하던 인민군에 의해 소실되었다가 1954년에 다시 설립된 양양성당. 신자들이 직접 공사에 나섰을 만큼, 두터운 신앙심과 애정, 그리고 역사가 담긴 성당이다.

#3. 엘리사벳 아주머니와 마티아 아저씨

영성체 시간이 되었다. 신자가 아닐 때에는 질투심까지 불러일으켰던 그 의식, 그래서 마침내 영세에까지 나를 이끌었던 의식, 하지만 지금은 참여할 수 없는 의식. 주위의 모든 사람들이 일어나 나가는 바람에 나 혼자 덩그러니 자리를 지켜야 했다. 그래서 눈에 띄었던 것인지, 미사 후 성당 뒤편을 기웃거리던 내게 뒤에서 누군가 말을 걸어왔다.

"저, 어떻게 오셨어요?"

돌아보자 눈매가 선량한 아주머니께서 양손을 모으고 계셨다.

"아, 저, 사진 찍으러 왔어요."

달리 할 말이 떠오르지 않았다. 벚꽃은 아직 만개하지 않았지만 성당의 지중해 풍 하얀 벽만으로도 충분히 매력적이었고, 사진 때문에 이곳을 방문하는 분들이 적지 않을 듯했다. 아주머니는 '그럼 커피나 한 잔 하시라' 며 성당 안쪽으로 들어가셨다. 나는 무슨 일일까 신기해하는 마음으로 마당의 나무 벤치에 앉아 기다렸다.

잠시 후, 철제 컵에 담긴 커피 두 잔을 들고 아주머니는 나타나셨다. 자판기 커피가 아니고 성당 물품을 이용하여 커피를 타신 것을 보면 성당에서 열심히 활동을 하시는 모양이다. 성당에 등장한 낯선 사람을 곧바로 알아보신 것도 무리가 아니구나, 싶었다. 그분과 나란히 앉아 양양 시내를 내려다보며 따뜻한 커피를 마셨다. 이해관계가 없으면 모르는 사람과 커피는커녕 말도 섞지 않았던 내가 이 낯선 곳에서 낯선 사람과 커피를 마시고 있다니……. 그 사실을 의식하는 순간 내 안에서 묘한 감정이 소용돌이쳤다. 이게 뭐지? 내가 이럴 수도 있구나.

학교를 졸업한 후 내가 사회에서 배운 건 일하는 법, 돈 버는 법, 이익을 얻는 법뿐이었지 사람 대하는 법은 배우지 못했다. 사람 그 자체가 목적이기보다는 수단이었다. 사람을 통해 돈을 얻고, 사람을 통해 행복을 꾀하고, 사람을 통해 이익을 구하는 것이었다. 내가 그러든, 상대가 그러든 그것이 당연했다. 그런 일로 서운해하거나 오해할 이유도 없었다. 내가 사는 세계는 이익이 걸리면 선후배끼리라도 모른 체 하거나 소송을 걸 수도 있는 그런 곳이었으니까. 그런데 산 좋고 물 맑은 양양에서 나는 지금 아무 이해관계 없는 분과 나란히 앉아 두런두런 이야기를 늘어놓고 있는 것이다.

세례명이 엘리사벳이라는 아주머니는 양양성당에 10년째 다니는 중이라고 했다. 남편이 암 선고를 받은 뒤 의지할 데 없이 막막하던 그때, 누군가 개신교회로 자신을 이끌었지만 웬일인지 성당에 가야 한다는 생각이 들었고 남편의 투병생활 중에 교리공부를 하여 결국 가톨릭 세례를 받으셨다는 것이다. 남편이 세상을 떠날 때, 그리고 떠난 뒤에도 마음의 평화를 지킬 수 있었던 데는 신앙의 힘이 컸다고도 하셨다.

종교가 절대로 세상에서 사라질 수 없는 이유 중 하나는 누구나 사랑하는 가족을 죽음으로 잃기 때문일 것이다. 내 가족이 먼지로 흩어지지 않고 좋은 곳에서 평화롭게 존재할 거라 알려주는 신앙이 아니라

성당 입구에 있는 이광재 신부 기념관과 순교비, 그리고 순교각.

면, 그 빈자리를 무엇으로 채워야 할까. 그제야 나도 실은 몇 개월째 전국의 성당을 찾아다니고 있음을 실토했다.

그때 우리 곁을 지나가던 수녀님께서 먼 곳에서 오셨으니 이광재 신부 기념관을 보고 가시라며 엘리사벳 아주머니께 열쇠를 하나 건네셨다. 이광재 신부 기념관? 내가 의아한 눈빛을 보내자 엘리사벳 아주머니는 경쾌한 발걸음으로 성당 아래쪽의 작은 건물을 향해 앞장서 가셨다.

입구에는 "착한 목자는 양들을 위하여 자기 목숨을 바칩니다."라는 의미심장한 문구가 새겨져 있었다. 문을 열고 안으로 들어선 뒤에야 나는 이곳이 양양성당의 3대 주임신부였던 이광재 신부님의 순교 기

이광재 신부님을 그린 그림과 각종 자료가 가득한 기념관 내부. '성체'를 이룬다는 이유로 평소 손을 귀하게 여겼던 이광재 신부님이었는데, 인민군은 "너 손가락 위한다지?" 하며 신부님의 손톱을 집게로 뽑아냈다고 한다.

념관이라는 것을 알았다. 이곳 어린이집의 이름도 디모테오라는 이광재 신부님의 세례명에서 따온 것이었다. 기념관 안에는 신부님의 유품과 각종 기념품들이 보관, 전시되어 있었고 정면에 걸린 십자가 옆에는 대형 사진과 누군가 정성스럽게 작업한 신부님의 초상화도 보였다. 한마디로 이광재 신부님에 대한 사랑과 존경으로 가득 찬 공간이었다. 하지만 신부님에 대한 사전 지식이 전혀 없던 나는 그 깊은 존경심을 제대로 이해하기 어려웠다.

쌀쌀한 곳에 있다가 따뜻한 실내로 들어와서인지 나도 엘리사벳 아주머니도 살짝 긴장이 풀렸고 어느덧 우리는 편안히 앉아 엘리사벳 아주머니의 혼기 앞둔 두 딸 이야기에 열을 올렸다.

"애들이 뭘 알겠어요? 엄마가 옆에서 조용히 따질 거 따져보고 확인할 거 확인해줘야 해요."

"그럼요! 사윗감 능력도, 성격도 다 따져봐야죠."

아주머니의 이야기를 들으며 나도 시집갈 딸을 둔 어머니의 심정이 되어 천연덕스럽게 이런저런 맞장구를 쳤다. 그렇게 허물없이 이야기를 나누다가 슬슬 기념관을 나오려는데 엘리사벳 아주머니가 때마침 성당 주차장으로 들어오는 SUV 차량을 보며 다급하게 외치셨다.

"앗! 저 분에게 이야기를 들으면 좋겠다!"

"네? 저 분이 누구신데요?"

"이광재 신부 기념관의 자료 수집부터 건립까지 가장 애를 많이 쓰신 분이에요. 어쩜 딱 이 타이밍에 나타나시네!"

그러나 차에서 내린 중년의 아저씨는 주차장 뒤편 토끼장으로 직행해 토끼들에게 밥을 주기 시작하셨다. 엘리사벳 아주머니가 부탁을 드렸지만 아저씨는 묵묵히 토끼들만 돌보셨다. 나는 벤치에 앉아 멋쩍게 토끼들의 식사가 끝나기를 기다렸다.

한참 뒤 마침내 모습을 드러내신 그분, 마티아 선교부장님은 날 다시 아까의 기념관으로 안내하셨다. 그때에야 비로소 나는 이광재 신부님에 대한 이야기를 들을 수 있었다.

이광재 신부님은 1909년생으로 풍수원성당에서 보좌신부로 3년을 지내다가 양양본당에 3대 주임신부로 오셨단다. 그런데 광복과 더불어 38선이 생기고 양양이 이북 영토에 포함되면서 성당을 빼앗겼다. 그 힘든 상황에서도 신부님은 이북에 있던 신자나 수녀가 남쪽으로 올 수 있게 도왔고 결국 공산당에 체포되어 3개월 간 수감생활을 하다 41세의 나이에 어느 방공호 안에서 총살을 당했다. 그런데 누군가 '물을 달라' 고 외치자, 총에 맞아 사경을 헤매는 와중에도 이광재 신부님은 "내가 물을 줄게요, 내가 구해줄게요……."라며 중얼거리고 있었단다. 현장에서 구사일생으로 살아나 이 광경을 증언한 한 목사는 혼미한 정신 속에서도 남의 고통에 귀 기울이던 이광재 신부님을 보고, "가톨릭의 신부는 위대하다."는 말로 당시의 감동을 전했다고 한다.

"착한 목자는 양들을 위하여 목숨을 바칩니다."는 대충 아무렇게나 고른 문구가 아니었던 것이다. 나는 동그란 안경을 쓴, 야윈 얼굴의 이광재 신부님 사진을 똑바로 쳐다보기가 힘들어졌다.

그때 마티아 선교부장님이 두툼한 양장본 책 한 권을 내게 건네셨다. 《양양본당 80년사》였다. 펼쳐보니 이 책을 만드신 분이 바로 마티아 님이다. 당신 입으로 말씀 안 하셨지만 책 속의 사진과 판권의 이름을 보고 그나마 눈치 빠르게 내가 알아본 것이었다.

마티아 선교부장님은 5대에 걸쳐 신앙을 지켜온 가톨릭 집안에서 자랐다고 한다. 이광재 신부에 대한 마티아 선교부장님의 깊은 존경은 어찌보면 당연하고 자연스러운 것이었다. 이광재 신부님은 순교하시기 전에도 '8품신부(사제가 되기까지 6단계가 있고 7번째가 신품성사인데 사제품을 넘어서는 인품을 가졌다는 뜻)'라 불렸고, 가난한 이에게 신고 있던 버선까지 벗어줄 만큼 따뜻한 분이었으니까. 마티아 선교부장님은 이광재 신부님의 시복시성을 위해서는 다른 일을 모두 팽개칠 수 있을 만큼의 열정과 사명감을 느낀다고도 하셨다. 자신의 사진은 한사코 못 찍게 하시면서 이광재 신부님이 할머니들을 위해 기도문을 필사한 친필노트는 직접 손으로 잡아주며 몇 장이고 찍도록 도와주시는 모습에서 열정의 깊이가 짐작되었다. 엘리사벳 아주머니가 먼저 가시면서 내게 해주신 말씀이 떠올랐다.

"정작 신부님들은 2~3년에 한 번씩 바뀌시니 양양성당에 대해 잘 모르세요. 양양성당에 대해서 가장 잘 알고 또 애정이 깊은 분은 마티아님일 거예요."

그곳을 나오기 전, 마티아 선교부장님은 방명록을 꺼내며 내게 이름을 적어달라고 하셨다. 그때 나는 주춤거리며 망설이지 않을 수 없었다. 이름을 적어달라고 하신 것은 내 주민등록상의 이름 석 자가 아닌, 세례명을 적어달라는 뜻이었을 테니까. 낯설기만 한 그 이름, 거의 화석이나 다름없는 그 이름을 꺼내야 한다니. 하지만 내게 긴 시간을 할애해주셨고, 귀한 책도 선물하신 그분의 단 한 가지 요구를 거절할 수는 없었다. 서류 속에 고이 잠들어 있던 그 이름 '힐데가르다'를, 나는 덜덜 떨리는 손으로 어색하게 적어넣었다. 세례를 받은 후 정작 한 번도 불려본 적 없는 이름이었다. 성당 다니던 친구들도 원래 이름을 불렀지 세례명은 불러주지 않았다. '힐데'라는 어느 독일인 친구의 이름

낮선 이를 따뜻하게 맞이하여 주신 엘리사벳 아주머니와 마티아 아저씨. 그날 이분들로부터 받은 소중한 친절을 나 역시 다른 이들에게 전달할 수 있게 되기를 소망한다.

'십자성호는 언제 그어야 하는가'에 대한 내용이 담긴 이광재 신부님의 친필노트와 신부님의 약력을 새겨둔 기념비.

을 들으며 '아, 내 세례명과 비슷하구나.'라고 생각한 적이 있을 뿐이다. 과연 이 이름 안에 내가 속해 있는 것인지, 이 이름이 나일 수 있는 것인지 스스로도 확신이 안 섰다. 다른 사람을 사칭이라도 한 양 불편하고 쑥스러워 이름을 적고난 뒤에는 고개를 들 수가 없었다. 마티아 선교부장님이 방명록을 다시 덮으실 때까지.

성당은 어느덧 고요해져 있었다. 내가 예전에 찾았던 다른 성당들처럼. 나는 카메라를 꺼내 허겁지겁 사진을 찍기 시작했다. 그저 미사 시간에 맞추어 성당에 왔을 뿐인데, 아주 많은 것이 달라졌다는 생각을 하며.

주소	강원도 양양군 양양읍 성내리 8
전화번호	033-671-8911
홈페이지	없음.
교통	올림픽대로 → 서울춘천고속도로 → 춘천 방면 → 동홍천IC에서 인제·신남 방면 우회전 → 임천 교차로에서 우회전 → 남문로에서 좌회전 → 군청길에서 우회전.
여행정보	'산 좋고 물 맑은' 양양에는 예쁜 성당도 있지만 송이축제(9월), 연어축제(10월), 해맞이축제(12월 말), 현산문화제(6월) 등 놀거리도 많다.

곧바로 차를 돌리려고
하다가 문득 차에서 내
려 건너편에
그림처럼 서
있는 수류성당을 바라
보았다. 내가 꿈꾸던,
정말 산골에 폭 싸인 행
복한 느낌의 성당이 그
곳에 있었다.
4월의 어느
일요일 아침
10시에 나는 그렇게 수

수류성당 9

곧바로 차를 돌리려고 하다가 문득 차에서 내
려 건너편에 그림처럼 서 있는 수류성당을 바
라보았다. 내가 꿈꾸던, 정말 산골에 폭 싸인
행복한 느낌의 성당이 그곳에 있었다.
4월의 어느 일요일 아침 10시에 나는 그렇게
수류성당과 처음 만났다. 그 일요일은 가톨릭
의 가장 큰 축일인 부활절이었다.

#1. 도시 여자, 로망을 품다

시골길을 지날 때, 그림 같은 집 한 채가 홀로 서 있는 모습을 볼 때면 나는 한적하고 호젓한 생활을 꿈꾼다. 주변에는 산과 밭만 있고 인가도 거의 없는 그야말로 산골마을. 눈앞에 나무가 그득하고 사방이 고요한 가운데 이따금 새소리 들리고, 건물이 하늘을 가리지 않는 탁 트인 그런 공간. 지대가 높아서 아랫마을을 내려다볼 수 있으면 더욱 좋겠지. 저녁이면 빨간 석양을 넋 놓고 바라보며 나는 매일매일 눈물나게 감사드릴 것이다. 건전지 한 개가 필요해도, 붕어빵 한 개가 먹고 싶어도 엄청나게 먼 거리를 왕복해야 한다는 현실적인 문제들은 산골 생활을 동경하는 도시 사람의 대책없는 낭만 앞에서 큰 문제가 되지 않았다. 결혼한 남자들이 정든 부인을 두고도 청순가련형의 여배우에게 가슴 설레듯, 그런 로망은 '불편하다, 밤에 위험하다'는 현실적인 이유로 쉽게 저버릴 수 없다.

언제쯤이었더라? 지인들과 모인 자리에서 내가 한 달 정도 시골생활을 해보고 싶다고 이야기하자 그들은 갖가지 이유를 갖다대며 나를 만류했다.

부활절의 설렘으로 가득 차 있던 수류성당 전경. 이곳으로 가까이 다가갈수록 나의 기대감은 익숙한 친근함으로 바뀌어갔다.

"인터넷도 안 될 거 아니에요. 그런 데선 못 살죠."

"반나절만 지나도 할 게 없을 텐데, 심심하지 않겠어요?"

어린시절엔 부모님 손에 이끌려 시골 친척집에 가는 게 싫어서 꾀병을 부린 적도 여러 번이었다. 하지만 지금 생각하면 그때엔 주어진 상황을 즐길 줄 몰랐던 게 문제지 장소 탓은 아니었다. 자발적으로 간다면 그럴 리 없다. 나는 다시 한 번 내 취향을 굳혔다.

"책 보고 뒹굴뒹굴 지내면 되죠. 저는 명상은 못해도 명상(멍 하니 있는 짓)은 정말 잘하거든요!"

그런 호사에도 역시 적지 않은 돈이 들어갈 터, 당장 실행하긴 어렵지만 대신 진짜 시골 성당에 가봐야겠다는 생각이 들었다. 산속에 폭 파묻혀 들리는 것이라고는 새소리뿐인 그런 성당. 대학시절 졸업여행으로 갔던, 눈 덮인 강원도 둔내에서의 따뜻한 기억처럼.

김제의 수류성당이 딱 그런 곳일 것 같았다. 드라마틱하거나 웅장하거나 '악' 소리나게 예쁘진 않아도 시골 특유의 평화와 여유가 깃든 곳. 아주 가끔, 내 예감은 정확할 때가 있다. 다행히 이번에 그 순간이 찾아왔다.

경부고속도로를 타고 가다가 천안논산고속도로 광주익산 방면 금산사IC에서 금산사 방면으로 가다보면 대로 오른쪽에 천주교 수류성당으로 가는 우회전 표시가 보인다. 차 없는 도로를 과속으로 질주하던 중이라 그 표시를 지나쳤고 간신히 유턴한 후에야 그 좁은 길에 들어설 수 있었다. 여기부터는 전혀 포장 안 된 시골길. 성당을 안내하는 화살표가 가끔씩 등장하긴 했지만 성당 자체는 전혀 보이지 않았다. 이렇게 깊숙한 곳에 있으면 차 없는 신자들은 어떻게 다닐까, 싶을 만큼 길은 계속 이어졌다.

전형적인 시골 초등학교 운동장을 하나 지나쳐 달리면서 주위를 살폈다. 오른편 저 멀리 성당 같은 건물이 보였다. 하지만 나는 얼떨결에 그쪽으로 건너가는 길을 지나쳐버렸다. 차 한 대만 간신히 지나갈 수 있는 길이라 난처했는데 다행히 조금 더 올라가자 차를 돌릴 수 있는 공터가 나왔다. 곧바로 차를 돌리려고 하다가 문득 차에서 내려 건너편에 그림처럼 서 있는 수류성당을 바라보았다. 내가 꿈꾸던, 정말 산골에 폭 싸인 행복한 느낌의 성당이 그곳에 있었다.

4월의 어느 일요일 아침 10시에 나는 그렇게 수류성당과 처음 만났다. 그 일요일은 가톨릭의 가장 큰 축일인 부활절이었다. 주차장을 가득 메운 차량들을 보니 마음이 급했다. 10시 반이 미사시간이라고 알고 있었는데 벌써부터 성가 소리가 들려온다. 나는 어느 노부부의 뒤를 따라 종종걸음으로 계단을 올랐다. 가톨릭은 언제 어디서나 미사전례에 일관성이 있어서 낯선 성당에 와도 어색할 것이 없다는 점이 참 다행이었다.

그런데 성당 안 풍경이 이상했다. 부활절 축일답게 성당 안은 사람들로 가득했는데 여자는 왼쪽, 남자는 오른쪽에 나뉘어 앉아 있는 게 아닌가. 빈자리가 오른쪽 한 군데뿐이어서 나는 어쩔 수 없이 오른쪽에 앉아야 했는데, 이쪽은 정말 99퍼센트가 할아버지 신자였다. 신부님께서 '제발 남자 여자 구별해서 앉지 마시라'고 부탁하실 정도였다. 남녀유별을 철저히 실천하는 시골 성당 특유의 풍경이다.

2. 수류성당에서 잔칫상을 받다

이날 놀러왔다는 동기신부와 함께 미사를 주관하던 원종훈 요셉다미안 주임신부님은 의외로 나이가 어려 보였다. 할머니 할아버지뻘 되는 신자들을 이끄는 손자 같은 신부님. 성당 주변에 활짝 피어 있던 벚꽃을 주제로 '저렇게 예쁜 꽃을 피우는 데 지쳐 의외로 벚나무는 수명이 길지 못하다'는 이야기로 시작된 신부님의 강론은 참 밝고 유쾌했다.

유머가 생활화된 사람 특유의 여유와 품격은 많은 신부님들에게서 발견되는 특징인데 내가 인간에게서 가장 좋아하는 품성이다. 성직자가 오로지 진지하기만 하다면 그는 아직 끝까지 가지 못한 것이라고 나는 생각한다. 극과 극은 통하는 법. 비극은 희극과 연결되고, 진지함을 뒤집으면 가벼움이 된다. 영적으로 가장 높은 곳에 있어야 할 성직자가 스스로를 가장 낮은 곳으로 내려놓고 희화할 수 있다면 그런 분이야말로 세상에 두려운 것 없는 최강의 존재일 것이다.

기금마련을 위해 청년들과 일일호프집을 운영할 때 이루어질 것 같지 않던 판매 목표가 믿음과 기도로 어느 순간 이루어져 있었다는 얘기, 부활이란 육신이 죽었다가 다시 태어나는 것을 의미하기보다는 살

양양성당에서는 몽우리뿐이던 벚꽃이, 이곳 수류성당에서는 활짝 피어 있다. 시간이 가져다주는 변화는 자연에서처럼, 나에게도 일어나고 있었다.

아 있는 이 순간 새롭게 살맛을 느끼는 것이라는 이야기 그리고 판공성사 때의 재미있는 에피소드들을 들으면서 나도 모르게 여러 번 웃음을 터뜨렸고, 이른 아침부터 부지런히 이곳으로 달려오길 정말 잘했다는 잔잔한 행복감에 젖어들었다.

　그 행복감은 곧 작은 놀라움으로 이어졌다. 나는 그저 부활절이라는 이유로 날을 잡아서 왔을 뿐인데 수류성당에선 특별한 잔치가 벌어졌다. 부활절 축일임과 동시에 세 명의 어린이가 처음으로 영성체를 하는 날이자, 주임신부님의 영명축일이라는 것이다. 미사 중 봉헌을 마친 뒤 첫 영성체를 하기 위해 천사처럼 하얀 옷을 입은 세 어린이가 앞으로 나와 축하의 꽃다발과 성경책 선물을 받았다. 영성체가 끝난 뒤엔 또 영명축일을 축하하는 꽃바구니가 주임신부님께 증정되었다. '미사 끝난 뒤엔 뜰에서 뷔페 파티가 있으니 모두 마음껏 드시고 가시라' 는 안내말도 이어졌다.

양양성당에서는 얼떨결에 따뜻한 커피와 귀한 책자를 선물받았는데, 수류성당에서 또 우연히 큰 잔칫상 앞에 서게 된 것이다. 굳이 의미부여를 한다면, 성경의 '되찾은 아들의 비유' 에 해당되는 상황이다.

어떤 사람에게 아들이 둘 있었다. 그런데 작은아들이, "아버지, 재산 가운데에서 저에게 돌아올 몫을 주십시오." 하고 아버지에게 말하였다. 그래서 아버지는 아들들에게 가산을 나누어주었다. 며칠 뒤에 작은아들은 자기 것을 모두 챙겨서 먼 고장으로 떠났다. 그러고는 그곳에서 방종한 생활을 하며 자기 재산을 허비하였다.

모든 것을 탕진하였을 즈음, 그 고장에 심한 기근이 들어 그가 곤궁에 허덕이기 시작하였다. 그래서 그 고장 주민을 찾아가서 매달렸다. 그 주민은 그를 자기 소유의 들로 보내어 돼지를 치게 하였다. 그는 돼지들이 먹는 열매 꼬투리로라도 배를 채우기를 간절히 바랐지만, 아무도 주지 않았다.

그제야 제정신이 든 그는 이렇게 말하였다. "내 아버지의 그 많은 품팔이꾼들은 먹을 것이 남아도는데, 나는 여기에서 굶어죽는구나. 일어나 아버지께 가서 이렇게 말씀드려야지. 아버지, 제가 하늘과 아버지께 죄를 지었습니다. 저는 아버지의 아들이라고 불릴 자격이 없습니다. 저를 아버지의 품팔이꾼 가운데 하나로 삼아주십시오." 그리하여 그는 일어나 아버지에게로 갔다.

그가 아직도 멀리 떨어져 있을 때에, 아버지가 그를 보고 가엾은 마음이 들었다. 그리고 달려가 아들의 목을 껴안고 입을 맞추었다. 아들이 아버지에게 말하였다. "아버지, 제가 하늘과 아버지께 죄를 지었습니다. 저는 아버지의 아들이라고 불릴 자격이 없습니다."

그러나 아버지는 종들에게 일렀다. "어서 가장 좋은 옷을 가져다 입히고, 손에 반지를 끼우고, 발에 신발을 신겨주어라. 그리고 살찐 송아지를 끌어다가 잡아라. 먹고 즐기자. 나의 이 아들은 죽었다가 다시 살아났고, 내가 잃었다가 도로 찾았다." 그리하여 그들은 즐거운 잔치를 벌이기 시작하였다.

| 〈루카 복음〉 15:12~24 |

미사 시간을 피하고 신부님과 신자들을 피해다니던 내가 미사에 참여하자마자 뭔가 긍정적인 표징이 나타난 것 같은, 그래서 '그래, 나는 그동안 지옥에서 헤매었구나!' 하며 회개하고 신앙을 되찾아야 할 법한 느낌이었다. 하지만 진짜 그런 순간이 온 것은 아니었다. 그렇다고 금방 훌훌 털고 일어날 만큼 전혀 무관한 기분도 아니었다. 나는 자꾸 "아, 이걸 어쩌지?" 하는 말만 되풀이하며 머뭇거렸다. 태연하게 이

첫 영성체를 하는 세 어린이에게 형들이 꽃다발을 증정하고 있다(위). 초대받지는 않았지만 이런 사랑 넘치는 행사를 지켜보는 것은 즐거웠다. 어머니들이 정성껏 만든 음식을 마을 신자들이 즐기고 있다.

마을사람인 것처럼 또 신자인 것처럼 스스럼없이 어울리기도 어색했지만, 그냥 휙 떠나버리기도 아쉬웠다.

조심스레 성당 옆 뜰로 나섰다. 수류성당 주변은 벚꽃으로 가득했다. 양양성당에서는 아직 몽우리뿐이던 벚꽃이 이제 이곳에서 만개한 것이다. 사람들은 긴 테이블 위에 놓인 음식들을 가져다 먹으며 삼삼오오 이야기를 나누기 시작했다. 아까 첫 영성체식을 마쳤던 세 어린이 중 한 명이 함박웃음을 지으며 내 옆을 지나쳐 달려갔다. 너무나 맑고 또렷한 미소였다.

3. 흔들리는 마음

나는 뜰 한 구석에 홀로 앉았다. 그리고 비로소 나라는 인간의 정체성을 곰곰이 생각해보았다.

한때 가톨릭 신자였으나 23개월 만에 발을 끊었다. 철학 공부는 대학 졸업과 함께 끝냈고, 사회라는 현실에 내던져지면서 일하고 돈 버는 일에 매달렸다. 그렇게 십수 년 간 지내면서 삶은 점점 두렵고 힘든 과정이 되어갔다. 중요한 일이 있을 때면 나는 점집으로 달려갔다. 어떻게 될까요? 괜찮을까요? 부적을 지갑에 넣고 다니며 기복도 했다. 가까스로 점이나 역술에서 벗어나겠다고 결심한 후에는 과도하게 의학과 과학에 매달렸다.

산티아고 순례길을 걸을 때엔 잠깐 종교적인 분위기에 심취하기도

했다. 그렇다고 해도 다시 주일의 의무를 지키고, 죄의식을 자극하는 무서운 고해성사를 하는 일은 꿈꾸지 않았다. 그것은 스스로에게 과도한 족쇄를 채우는 일이었다. 내 발로 다시 감옥에 걸어들어가고 싶지는 않았다. 하느님이 정말 계신다면 내 성격을 아실 테니 나를 그냥 내버려두실 것이라고 에둘러댔다. 난 기필코 거리를 유지할 생각이었다.

그런데 고작 23개월뿐인 사춘기 때의 기억이 왜 그리 진하게 남아서 아직도 어떤 성가만 들으면 가슴이 뭉클해지고, 신부님이 읊조리는 기도문을 나도 모르게 따라하게 되고, 부활절이라든지 첫 영성체식이라든지 영명축일이라든지 하는 '경사'에 덩달아 가슴 설레는 것인지 알 수 없었다.

그동안 성당을 여러 곳 방문하면서도 마음에 아무런 변화가 없으리라고 여겨온 내가 오만한 거였나. 이미 되돌아가기엔 늦어버린 것인가. 행여 부활절의 기적이, 미처 사라지지 않고 내 안에 숨어 있던 겨자씨만한 신앙심을 부활시키는 것은 아닌가. 무심한 나로 있고 싶은 나와 그렇지 않은 내가 엎치락뒤치락 씨름하는 동안 나는 점점 혼란스러워졌다.

"음식 좀 드시죠?"

바위에 멍하니 앉아 있던 내게 한 아저씨가 음식을 권하셨다. 마을의 어머니들이 직접 만든 각종 나물과 삶은 돼지고기, 부침개 등이 보였다. 전문 레스토랑에서 만드는 뷔페용 음식과는 많이 달랐지만 그 정성은 어느 것과도 비교할 수 없을 듯했다. 아침도 안 먹고 출발했기

수류성당 맞은편에 있는 거대한 느티나무. 1889년부터 이곳에 자리잡은 성당과 함께 긴 세월을 살아온 역사의 증인이다.

에 배에서는 이미 아우성이 벌어진 지 오래였다. 권유도 받았겠다 슬쩍 끼어서 한 접시 정도 먹어도 괜찮을 법했다.

하지만 나는 끝내 음식을 입에 대지 못했다. 배가 고픈 것과는 별개로 물 한 모금조차 입에 넣을 수 없었다. 조금이라도 먹었다간 그 씨름에서 곧바로 질 것만 같았으니까.

수류성당 주변을 거닐며 몇 장의 사진을 찍은 뒤 나는 그곳을 떠났다. 설렘에 들떠 미친 듯이 달려올 때에는 몰랐던 3시간 이상의 거리감이 올라가는 길에야 실감되었다. 물살을 거꾸로 거슬러 올라가는 것도 아닌데 돌아오는 길은 많이 힘들었다. 이렇게 멀었구나! 이렇게 먼 길이었구나! 마음 내킨다고 아무때나 내려올 수 있는 거리가 아니구나!

　김제에서 멀어지고 서울이 가까워질수록 내가 이 성당을 앞으로 많이 그리워하리라는 예감이 들었다. 그리고 슬퍼졌다. 그 전에도 다시 오고 싶은 성당이 여러 곳 있었지만, 잔칫날의 수류성당 같은 곳을 다시 만날 수 있을지 자신없었다. 아늑하고 포근한 진짜 시골 성당. 내 로망에 가장 가까웠던 성당. 아쉬움에 눈물이 나왔다. 내가 어디엔가로 좀더 가까이 가고 있음은 전혀 눈치채지 못한 채.

주소	전북 김제시 금산면 화율리 215
전화번호	063-544-5652
홈페이지	http://joseph2002.egloos.com
교통	경부고속도로 → 대전 · 천안 방면으로 우측 → 천안논산고속도로 광주 · 전주 방면 우측 → 호남고속도로 여산휴게소(순천 방향) → 금산로 금산새IC → 태인 CC · 신세계 병원 방면으로 좌회전 → 원평우회로 로터리에서 우회전 → 금산 사로 금산사 방면으로 좌회전(이 다음부터는 현지 표지판 참조).
여행정보	수류성당으로 가는 길에는 영화 〈보리울의 여름〉에 등장했던 화율초등학교도 볼 수 있다.

용소막성당 10

그 전에는 마치 백년은 더 살 사람처럼 '미래'에만 집착했다면 이제는 남은 삶이 한 달밖에 없는 사람처럼 '현재'에 충실하게 된 것이다. 책임이나 의무에 얽매이고, 남들 보기에 이상해 보이지 않는 삶으로 포장하는 일을 더는 하고 싶지 않았다.

#1. 7일간의 변화, 그리고 옛 기억

장소는 언제나 사람에게 무언가를 말한다. 이곳으로 오라고 부르든지, 가라고 밀쳐내든지. 장소가 가지고 있는 기운에 반응하여 사람은 강하게 끌리기도, 멀찌감치 도망가기도 한다. 손님이 많기로 유명한 카페는 왠지 반짝반짝 빛이 나며 사람을 끌어당기는 힘이 있는 것처럼 보이지만, 가게를 여는 족족 망하는 건물은 전체적으로 칙칙하고 어두운 기운이 느껴져 일부러라도 멀찍이 떨어져 지나치게 된다.

장소는 그곳을 찾는 사람의 마음을 반영한다. 차를 구입한 지 얼마 안 되었을 때, 나는 운전연습 삼아 전국의 사찰을 찾아다녔다. 주말이면 혼자 용문사, 선운사, 부석사, 개심사 등에 갔다. 그때 유독 자주 간 곳이 경주의 감은사지다. 절은 사라지고 빈 터만 남아 관광객들은 왔다가도 5분 만에 휙 떠나버리는 곳. 황량하고 쓸쓸한 그 빈 터가 나는 왜 그리 편안하고 좋았을까. 아마 그곳에서 내 마음을 보았기 때문일지도 모르겠다. 아무런 희망도 기쁨도 없고, 언제 죽어도 딱히 아쉬울 것이 없던 때. 나는 내가 행복해지기 위한 방법을 모색하기보다는 그저 '이렇게 살기 싫다'는 주문만 외웠다. 스산한 옛 절터와 나는 서로 모든 것이 덧없고 허무하고 쓸쓸하다는 감정에 동의하고 교류했던 것이다.

그랬던 내가 성당들을 찾아다니게 된 후로 조금씩 달라지고 있었다. 가톨릭에서는 성당을 신축할 때 오랜 기간 정성 들여 기도를 한다고 한다. 그런 뒤에 발견하게 되는 땅은 아무래도 자연과 잘 조화된 곳일 터이다. 게다가 그곳에 모이는 사람들의 좋은 기도가 쌓이니 나쁜 기운이 들어설 틈이 없다. 그래서였을까. 수류성당에 다녀와 원주 용소막성당으로 향하기까지 약 7일 간, 내 영혼의 세계에서는 엄청난 변화가 일어났다.

주식투자로 손해를 보았고 일정한 수입도 없으니 회사를 다니던 때에 비해 경제사정은 많이 나빠진 상황이었다. 내 삶을 유지하려면 무슨 일이든 당장 시작하는 것이 옳았다. 그렇지만 그 즈음 들어온 일자리를 사흘 간 고민 끝에 사양하고 말았다. 성당 기행을 끝마치기 전이기도 했거니와 왠지 이제부터는 '가슴 설레게 하는' 일로만 내 삶을 채우고 싶었다.

그 전에는 마치 백년은 더 살 사람처럼 '미래'에만 집착했다면 이제는 남은 삶이 한 달밖에 없는 사람처럼 '현재'에 충실하게 된 것이다. 책임이나 의무에 얽매이고, 남들 보기에 이상해보이지 않는 삶으로 포장하는 일을 더는 하고 싶지 않았다. 교수직을 버리고, 방송도 때려치우고 멀리 떠나버렸다는 어느 유명작가의 심정이 쇼맨십이나 엄살이 아니라는 것을 나는 100퍼센트 이해할 수 있었다. 나 역시 어떤 타이틀도 출근할 사무실도 필요없었다. 그저 어릴 때의 소박했던 소원처럼 책 읽고, 글 쓰고, 가고 싶은 곳에 찾아가고, 멍하니 공상에 잠겨 지내는 일에 푹 빠지고 싶었을 뿐. 이제 이 정도의 사치는 부려도 되지 않을까, 스스로를 다독였다. 이런 담대한 욕심을 내 안에 품을 수 있게 되다니!

존 러스킨이 베네치아에 있는 산마르코 대성당을 '화려하게 장식된 거대한 기도서'라고 묘사했듯이, 모든 성당은 제각각 한 권의 기도서로서 평화, 사랑, 희망 같은 개념을 품고 있다. 그리고 내 안에도 어느새 그런 의미와 포근한 기운이 스며들어온 모양이었다.

마음 깊이 묻어두었던, 거짓말 같은 옛 기억도 떠올랐다. 고등학교 2학년 어느 여름날이었다. 햇살이 눈부시던 날 학교에서 혼자 걸어서 돌아오던 길. 선생님께 혼난 일도, 숙제가 많다는 부담도 없는 지극히 평범한 날이었다. 고속버스터미널을 오가는 시끄러운 차 소음을 뒤로 한 채 아파트 사잇길을 지날 무렵 문득 하늘을 올려보자, 강한 햇빛에 눈살이 저절로 찌푸려졌다. 그 순간이었다. 웬일인지 나는 이 우주와 똑같은 무게, 똑같은 크기만큼 중요한 존재라는 자각이 내 머릿속을 번쩍 일깨웠다.

'나는 우주만큼이나 중요하다! 아니 내가 우주의 전부다!'

N선생님이 들려준 이야기도, 책에서 본 내용도 아니었다. 그런데 너무도 확실해서 마치 더이상 팔 수 없을 만큼 깊은 곳에 새겨진 최후의 결론 같았다.

"이게 뭐지? 내가 왜 이런 생각을 한 거지?"

용소막성당 앞에서 바라본 전경. 미사 전에 성당 입구에서 삼삼오오 모여 커피를 마시던 신자들이 미사 후에도 끊이지 않는 담소를 나누는 모습에서 유난히 정 많은 시골 성당의 정취가 느껴진다.

깜짝 놀라 어리둥절해하며 나는 집으로 돌아왔다. 그때까지 나는 나 같은 것은 정말 중요하지 않다고 믿었다. 세상도 잘못되었지만 나도 잘못되어서 이 어긋난 존재들이 서로 부딪치는 게 현실이고, 어떻게든 빨리 도피하는 것만이 최선이라고 여기던 내게 그것은 완벽한 반전이나 다름없었다.

이 이야기는 아무에게도 꺼내보인 적이 없었는데, 《미친 척하고 성경 말씀대로 살아본 1년》이라는 A.J. 제이콥스의 책에서 저자가 나와 비슷한 경험을 했었다는 내용을 발견했다. 그 역시 고등학교 시절 우주와 하나가 된 느낌, 갑자기 자신의 머리와 세상의 경계가 사라져버린 느낌에 휩싸였고 그때 이후 다시는 겪어볼 수 없었다고 했다. 어쩌면 그나 내 안에서 영성이라는 것이 최초로 깨어났던 순간이 아니었나 싶다.

하지만 그 경험은 그때 단 한 번뿐이었고 영성은 내 안에서 내내 잠만 자는지 아무 반응이 없었다. 그러다 성당을 찾아다니는 동안 '나여기 있어요.' 하며 다시 깨어난 영성은 내 삶을 예기치 못한 방향으로 직조해나가기 시작했다.

내가 정말 소중하고 사랑스러워져서 다른 소리에 귀를 기울일 수 없었고 오직 내 안에서 나오는 목소리에만 복종하고 싶어진 것이다. 내 안의 목소리는 평생 어디에선가 뚝 떨어지길 넋놓고 기다리던 자유와 평화를 '지금' 만끽하라고 했다.

#2. 상처 입은 할렐루야

그리고 우연히 한 노래를 알게 되었다. 아일랜드에 관심이 있던 터라 〈두 개의 눈을 가진 아일랜드〉라는 다큐멘터리를 찾아보았는데 거기에 나온 아이리시 주점에서 어느 여인이 부르던 〈Hallelujah〉를 처음 듣게 된 것이다. 캐나다의 음유시인 레너드 코헨의 곡으로 알려진 이 노래가 계속 귓가를 맴돌았다. 나는 곧 파일을 구해 일주일 내내 이 노래만 들었다.

내게 자꾸 들리는 가사는 'broken hallelujah' 였다. 할렐루야는 원래 히브리어로 '야훼를 찬양하라' 는 의미다. 그런데 온전하고 매끈한 상태의 할렐루야가 아닌 깨지고 상처 입은 할렐루야라니. 이 부분에 계속 내 마음이 공명했다. 부서지고 깨지고 상처 입은 마음이야말로 내 것이었으니까. 세상에는 얼마나 많은 '브로큰 할렐루야' 들이 있을까. 태어나서 줄곧 순수하고 맑게 '하느님이 나의 모든 것을 돌보아주신다' 는 믿음을 간직하고 사는 사람은 몇이나 될까.

교회나 성당에 열심히 나가는 사람이라고 해서 모두 상처 없이 깨끗한 영혼을 가진 건 아닐 터이다. 오히려 신의 전당은 삶의 막다른 골목에 도달한 사람들, 미움과 상처에 치를 떨었던 사람들이 모여드는 곳일 수도 있다. 누구보다 치유의 손길이 간절한 사람들의 안식처.

그렇게 〈Hallelujah〉를 입에 달고 일주일을 지낸 후, 나는 또 이 노래 한 곡만 반복해서 들으며 화창한 봄빛 속을 달려 강원도 원주에 있는 용소막성당으로 향했다.

용소막성당의 정확한 주소는 강원도 원성군 신림면 용암리 719-2번지다. 용소막성당보다는 배론성지 안내판이 더 자주 보이는 길을 따라가니 마침내 용소막성당의 첨탑이 눈에 들어왔다. 반가운 마음에 급하게 들어섰는데, 주차장이 아닌 뒤쪽 공터였다. 경사진 그 길을 아슬아슬하게 후진해 내려와서 다시 살펴보니 놀이터와 고목이 늘어선 마당을 지나 좀더 안쪽에 주차장이 있었다. 미사 시간까지는 아직 여유가 있었기에 나는 느긋하게 주변을 둘러보았다. 성당으로 올라가는 돌계단에 이런 글자들이 적혀 있었다. 친절, 온유, 절제…….

계단을 만들 때 자연석 테두리 옆 시멘트 위에 일부러 새겨넣은 글씨였다. 나는 그중에 '온유'라는 단어가 들어 있다는 게 참 맘에 들었다. 온유는 사전적으로는 그저 '온화하고 부드러움'이라고 풀이되지만 성경에서는 무척 높이 평가되는 덕목이다.

행복하여라, 온유한 사람들! 그들은 땅을 차지할 것이다!

| 〈마태오 복음〉 5:5 |

나는 마음이 온유하고 겸손하니 내 멍에를 메고 나에게 배워라.

| 〈마태오 복음〉 11:29 |

수많은 저서와 강연으로 유명한 차동엽 신부님은 어느 강의에서인

마음의 문을 꼭 닫은 채, 내가 바라는 것만 이루어지길 욕심내던 나는 새롭게 '온유'의 의미를 받아들이기로 했다.

미사가 끝난 후 깨끗하게 비워진 용소막성당의 성전 내부.

가 '온유' 에 대해서 이렇게 표현하셨다. 내 욕심을 비우고 상대방에게 의지를 양보하는 것이라고. 이것을 식당에 간 상황으로 비유해보면, 늘 자신이 먹던 것을 달라고 하는 게 아니라, '오늘은 당신이 권하는 것을 먹어보겠다' 고 할 수 있는 마음가짐이다. 여기서의 당신은 하느님일 수도, 섭리일 수도, 사랑하는 사람들일 수도 있다. 대상이 그 누구이든 자기 안의 틀과 생각, 고집에서 벗어난다는 사실이 중요하다. 그렇게 '나의 생각보다 당신 생각이 옳을 수 있다' 고 생각하면, 무한한 지혜와 능력이 흘러 들어온다는 것이다.

사실 나는 '온유' 라는 단어와 그다지 어울리지 않는 사람이었다. 곰곰이 돌이켜보면, 누군가의 조언이나 충고를 쉽게 일축하거나 간섭이라며 발끈하기가 일쑤였다. 차 신부님의 구체적인 해석을 접한 뒤 다시 들여다본 '온유' 는 참으로 매력적인 단어였다.

마음에 지도가 없는 자를 '순례자' 라고 부른다면, 이렇게 마음을 하느님이나 더 큰 섭리에 온전히 봉헌한 자는 '온유한 자' 라고 할 수 있겠다. 예전엔 마음을 하느님에게 다 맡겨버리면 내겐 남는 것이 아무것도 없는 게 아닌가, 하는 짧은 생각을 한 적도 있었다. 하지만 고작 1리터밖에 안 되는 내 마음과 전 세계의 물을 다 담을 수 있을 만큼 거대한 섭리와 바꾼다면 바로 내 안에 하느님이 거처하고 섭리가 그대로 흐르게 되리라. 내가 없어지는 게 아니라, 내가 그대로 온 세상이 되는 것이다. 그래서 차동엽 신부님은 산상수훈 중 한 가지 덕목을 고르라면 이 '온유' 를 고르겠다고 말씀하셨던 모양이다.

#3. 나는 결코 믿지 못하겠소

나는 그 좋은 '온유'라는 단어를 '밟고' 올라가 드디어 용소막성당 안으로 들어섰다. 역시 대부분이 노년층인 신자들 사이에 끼어 앉았다. 부활 제2주일이었다. 이날의 복음은 부활하신 예수님을 믿지 못해 직접 만져보았다던 토마스 사도의 이야기였다.

열두 제자 가운데 하나로 '쌍둥이'라고 불리는 토마스는 예수님께서 오셨을 때에 그들과 함께 있지 않았다. 그래서 다른 제자들이 그에게 "우리는 주님을 뵈었소."라고 말하였다.

그러나 토마스는 그들에게, "나는 그분의 손에 있는 못 자국을 직접 보고 그 못 자국에 내 손가락을 넣어보고 또 그분 옆구리에 내 손을 넣어보지 않고는 결코 믿지 못하겠소."라고 말하였다.

여드레 뒤에 제자들이 다시 집 안에 모였는데 토마스도 그들과 함께 있었다. 문이 다 잠겨 있었는데도 예수님께서 오시어 가운데에 서시며, "평화가 너희와 함께!"라고 말씀하셨다. 그리고 나서 토마스에게 이르셨다.

"네 손가락을 여기 대보고 내 손을 보아라. 네 손을 뻗어 내 옆구리에 넣어보아라. 그리고 의심을 버리고 믿어라." 토마스가 예수님께 대답하였다. "저의 주님, 저의 하느님!"

| 〈요한 복음〉 20:24~28 |

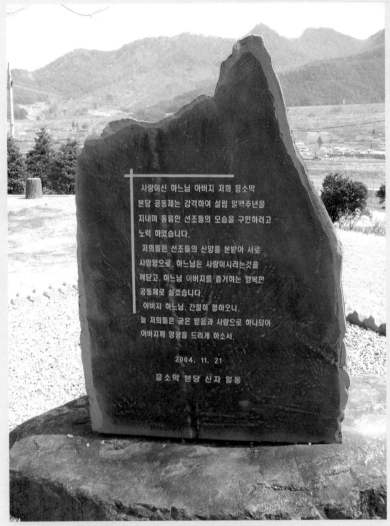

사랑이신 하느님 아버지 저희 용소막
본당 공동체는 감격하여 설립 일백주년을
지내며 훌륭한 선조들의 모습을 구현하려고
노력 하였습니다.
    저희들은 선조들의 신앙을 본받아 서로
사랑함으로, 하느님은 사랑이시라는것을
깨닫고, 하느님 아버지를 증거하는 행복한
공동체로 살겠습니다.
    아버지 하느님, 간절히 청하오니,
늘 저희들은 굳은 믿음과 사랑으로 하나되어
아버지께 영광을 드리게 하소서.

2004. 11. 21
용소막 본당 신자 일동

용소막성당이 풍수원성당·원주성당에 이어 세 번째로 강원도에 설정되어 2004년에 100주년을 맞이
하였음을 기념하여 신자들이 세운 신앙비다.

매사 의심 많고, 확인하기 좋아하는 토마스의 모습은 사실 나와 좀 닮아 있었다. 믿음과 소망과 사랑, 그중에 제일이 '믿음'이 아니라 '사랑'이라는 사실에 남몰래 안도해왔을 만큼 의심 덩어리인 나는 부활이라는 기적의 현장에서 그 같은 확인 절차(?)도 없이 태연하게 믿는다는 게 오히려 더 이상한 일이라고 생각했다. 그리고 누구보다 '온유하신' 예수님은 토마스의 불경을 꾸짖기는커녕 그가 원하는 대로 당신의 상처를 다 보여주셨다.

다행히 주임신부이신 위종우 요셉 신부님의 강론에서도, 이날 게시된 주보의 내용에서도 토마스를 비난하는 내용은 없었다. 대신 신부님은 말했다. 어디 의심할 테면 해보고, 확인해보고 싶으면 마음껏 확인해보라고. 그렇게 의심하고 또 의심해도 믿을 수밖에 없다면 믿음이 더욱 강해지지 않겠느냐고.

어느 독일 성당에는 열두 사도 중 토마스 사도의 동상이 제대와 가장 가까이 있다고 한다. 토마스야말로 평범한 사람들을 대변하는 모습이기에 교회는 토마스 사도의 동상을 가장 앞에 세워두고 우리의 모습을 반성하고 돌아볼 수 있게끔 했을 것이다.

그토록 존경하던 N선생님께서 다른 반 아이를 불합리한 이유로 혼내셨다는 소문을 들었을 때, 나도 한동안 선생님에 대해 실망하고 의심하고 회의에 빠졌었다. 저 분이 정말 내가 마음 놓고 존경해도 되는 분일까. 고민 끝에 선생님을 찾아가서 진상에 대해 여쭙고 확인했다. 네가 뭔데 그런 걸 따져 묻느냐고 하실 수도 있었을 텐데, 내 눈빛이 너무 진지했는지 N선생님은 진솔하게 상황 설명을 해주셨고 나는 교사의 입장과 학생의 입장은 다를 수밖에 없음을 새로이 배웠다.

토마스의 태도에 깊이 감정이입을 했던 나는 그런 해설을 듣고 나니 마음이 편해졌다. 아주 많이. 그러는 사이, 내 마음은 빠짐없이 주일미사에 참여해온 신자라도 되는 듯 저만큼 멀리 흘러가 있었다.

4. 25년, 아직 끝나지 않은 이야기

미사가 끝난 후, 성당 입구에서 주임신부님과 인사를 나누는 마을 신자들 사이를 나는 어색하게 빠져나왔다. 성당 앞마당의 큰 나무 여러 그루, 야외에서 미사를 드릴 수 있도록 거대한 돌로 만든 제단과 신자들이 세운 신앙비, 나무 밑동 모양으로 만들어진 의자, 이곳 용소막 출신의 사제로 성서 번역에 큰 업적을 남겼다는 선종완 라우렌시오 신부의 유물관. 그 모든 곳을 다 둘러보고 있자니 어느덧 사람들은 사라지고 저 멀리 사제관으로 들어가는 주임신부님의 뒷모습이 보였다. 순식간에 사방이 조용해졌다.

그 고요 속에 홀로 남아 비로소 나는 깨달았다. 길고 길었던 실랑이가 이제 끝났다는 것을. 30분 전, 나는 영성체를 하는 줄에 섰던 것이다. 수류성당에서 마구 흔들렸던 내 마음에 대한 답이 여기서 내려진 듯했다. 행동이 생각을 앞질러버리긴 했지만 한 가지만큼은 분명했다. 나는 이제 성당으로 돌아가고 싶어진 것이다.

주일미사가 끝난 후 신자들을 배웅하는 신부님과 지난 한 주간의 이야기를 전하느라 바로 자리를 뜨지 못하는 사람들. 나 역시 쉬이 자리를 뜨지 못했다.

'나는 신앙을 포기하려 한다. 이곳저곳을 방황하다가 그래도 역시 진리는 여기에 있구나 하는 생각이 들면 돌아오게 될 것이고, 그렇지 않다면 영영 돌아오지 않을지도 모른다.' 했던 25년 전의 소녀가 마침내 돌아왔다. 25년이라는 긴 세월은 그렇게 순식간에 지나가버렸고 나는 마치 잠깐 꿈을 꾸고 일어난 듯, 읽던 책을 덮고 고개를 들어올린 듯 여기에 이렇게 서 있었다.

예수님이 '온유'한 마음으로 나를 받아주신 것인지, 내가 '온유'한 마음으로 '제발 내게 돌아오라'며 기다리신 예수님에게 돌아가드린 것인지는 알 수 없었지만.

돌아오는 길, 여전히 차 안의 오디오에서는 〈Hallelujah〉가 흘러나
왔다. 변명처럼 내 귀에 계속 꽂히던 '브로큰 할렐루야'는 점점 '그
냥' 할렐루야, 할렐루야, 할렐루야로 바뀌어갔고.

어디에서부터 생겨났는지 알 수 없지만, 차분한 확신이 서서히 내
안에 차올랐다. 너무 차분해서 누군가에게 떠들 필요도 없지만, 어떤
일이 있어도 결코 깨질 것 같지 않은 아주 단단한 확신이었다.

주소   강원도 원주시 신림면 용암리 719-2
전화번호   033-763-2341
홈페이지   없음.
교통   경부고속도로 → 대전·천안 방면 → 영동고속도로 원주·이천 방면 → 중앙고
         속도로 안동·남원주 방면 → 신림IC → 원주·제천·배론성지 방면 좌회전 →
         용암삼거리에서 백운 방면으로 우회전.
여행정보   치악산을 가까이에 두고 있으며, 배론성지, 오대산 월정사 및 상원사, 치악산명
         주사고판화박물관, 신림가나안농군학교 등도 멀지 않다.

배론성지 11

여러 성당들을 찾아다니면서 내가 가장 선명하게 느낀 감정은 '평화' 였다. 처음 방문한 곳일지라도 성당 특유의 한적한 고요는 바로 그 공간에 스며들게 해주었다. 여기에 이런 것이 있지 않을까 하면 이런 것이 보였고, 저기에 저런 것이 있지 않을까 하면 저런 것이 나타났다. 성당에는 예측 가능하고 상식을 배반하지 않는 질서와 배타적이지 않고 누구에게나 열린 나눔이 공존했다.

용소막성당에서 돌아온 후 나는 한동안 정신없이 바빴다.

산티아고 순례기를 출간하기 전 최종 수정작업을 하며 거의 일주일간 밤을 새웠다. 가까스로 일을 끝낸 뒤엔, 많이 지치고 멍한 상태였다. 그렇게 피곤에 절어 있었으면서도 문득 그날이 주일이라는 것을 깨닫자 더 늦기 전에 동네 본당에 가서 허공에 붕 떠 있을 교적을 정리해야겠다는 결심이 들었다. 타인들의 성소, 타인들의 위안처일 뿐 나와 전혀 상관없다고 생각했던 곳에 내 발로 찾아가기로 한 것이다.

건물과 건물들 사이에 비좁게 끼어 있는 동네 본당 앞에 서자 낮은 한숨이 나왔다. 나답지 않은 일을 하게 된 것 같아서였다. 나는 잠깐의 방문객이 아닌 신자로 되돌아가고자 이곳에 온 것이니까.

한 번도 '영원한 삶'이나 '부활'이라는 종교적 약속에 매혹된 적 없었다. 영원히 사는 것도 부담스럽고, 이 모습 그대로 다시 태어나는 것도 싫었다(나는 부활을 글자 그대로 육체가 죽었다가 다시 태어나는 것으로 이해했다). 이토록 냉소적인 신자를 이끌어오려면 가톨릭은 보다 매력적인 다른 미끼를 던져야 할 것이었다. 예를 들면 당장 실효성이 있는 복락의 약속, 절대로 지지 않을 거라는 승리의 약속 같은 것. 하지만 정작 그런 세속적인 행복을 약속하는 교회는 무속신앙과 뭐가 다른가 싶어 또 꺼려졌다.

그렇다면 정말 내가 다시 성당에 나가고 싶어진 이유는 무엇이었을까.

여러 성당들을 찾아다니면서 내가 가장 선명하게 느낀 감정은 '평화'였다. 처음 방문한 곳일지라도 성당 특유의 한적한 고요는 바로 그 공간에 스며들게 해주었다. 여기에 이런 것이 있지 않을까 하면 이런 것이 보였고, 저기에 저런 것이 있지 않을까 하면 저런 것이 나타났다. 성당에는 예측 가능하고 상식을 배반하지 않는 질서와 배타적이지 않고 누구에게나 열린 나눔이 공존했다.

미사 중 '평화를 빕니다'라고 인사를 나누는 것도 늘 감동적이었다. 이스라엘에서 쓰는 '샬롬'이라는 인사말을 그냥 번역한 것에 불과하다고 해도 내게는 남다른 의미로 다가왔다. 여기가 아닌 곳에서는 한 번도 누군가에게 '평화를 빈다'는 말을 한 적도, 들은 적도 없었으니까.

나는 너희에게 평화를 남기고 간다. 내 평화를 너희에게 준다. 내가 주는 평화는 세상이 주는 평화와 같지 않다. 너희 마음이 산란해지는 일도, 겁을 내는 일도 없도록 하여라.

| 〈요한 복음〉 14:27 |

봉쇄수녀원이 가까이 있는 만큼, 특별한 고요와 평화의 기운이 감돌던 배론성지. '목마른 사람은 다 나에게 와서 마셔라'라는 말씀으로 우리를 맞이한다.

어떤 사람이든 '내적 질서'라는 것을 지니고 있다. 이 사람은 이런 일에 기쁨을 느끼고, 이런 일을 중요시하고, 이런 이유에서 저렇게 행동하는 나름의 규칙. 사람마다 다른 그것이 그 사람의 색과 분위기를 결정한다. 나는 평화가 내 안의 질서를 규정해주길 바랐다. 너무 기쁘지도, 슬프지도 않고 언제나 변함없는 평화가 유지되기를……. 그 평화라는 기반 위에 사랑이든, 성공이든, 행복이든 그 다음의 것을 쌓아가고 싶었다. 성당은 내게 그런 평화를 주는 공간이었다.

다행히 교적은 말소되지 않은 채 살아 있었고, 나는 이 동네의 신자로 새로운 주소와 연락처 등을 입력했다. 그러고 나오려는데 사무실 여직원이 이런 말을 했다.

"오신 김에 고해성사 하고 가시죠?"

어쩌면 나 같은 사람이 올 때마다 늘 하는 말일 수도 있었지만 흘려버릴 수가 없었다. 마침 성전에서 성가 연습하는 소리가 들려왔다. 저녁 미사를 얼마 앞두지 않은 시각이었다.

나는 2층에 있는 성전으로 올라갔다. 고해소 앞에 아무도 없었기에 바로 안으로 들어갔다. 늘 내 죄를 내가 모르고 헷갈렸지만 이번만큼은 너무 명백해서 오히려 쉬웠다. 길고 길었던 냉담. 그것 외에 무슨 말이 더 필요할까. 그게 너무 큰 죄라, 용소막성당에서 맘대로 영성체를 했다는 이야기는 빼먹고 말았다. 얼굴도 모르는 칸막이 저편의 신부님은 따뜻한 목소리로 나를 맞이해주셨다. 그 오랜 세월의 짐을 덜어놓는 데엔 채 1분도 걸리지 않았다.

고해소를 나오는데 성가대의 노래가 들려왔다. 라틴가요 〈에레스-뚜_{당신, Eres-tu}〉의 멜로디에 〈주님의 기도〉를 가사로 붙인 노래였다. '하늘에 계신 우리 아버지' 하는 첫 구절을 들었을 뿐인데 왈칵 눈물이 솟았다. 너무나 그리워하던 뭔가를 가슴에 안은 기분이었다. 가장 가까운 의자에 앉아 눈물을 닦았다. 미사가 시작되었고, 미사 중에는 또 〈내 손을 주께 높이 듭니다〉라는 노래에 마음이 출렁거렸다.

내 손을 주께 높이 듭니다.

내 찬양 받으실 주님

내 맘을 주께 활짝 엽니다.

내 찬양 받으실 주님

슬픔 대신 기쁨을

재 대신 화관을

근심 대신 찬양을

찬양의 옷을 주셨네.

처음 듣는 노래인데도 참 좋았다. 그 노래를 부르고 또 듣고 있자니, 색깔로 치면 가장 예쁜 파스텔 톤으로 마음에 색이 입혀지는 것 같았다. 성 아우구스티노가 '성가는 일반 기도보다 두 배의 힘이 있다'고 했다던데 내게는 그것이 참 맞는 말이었다. 자꾸 솟아나는 눈물 때문에 성전 조명은 몇 번이나 뿌옇게 흐려졌다.

다음날 저녁 산책을 하면서 나는 성당 마당까지 왔다. 아름다움과 거리가 먼, 복잡하고 어수선한 찻길을 건너와야 했지만 내게는 밝은 등불이 한 줄로 서서 나를 안내해주는 것만 같았다. 그후, 며칠 동안 나는 매일 아침 동네 본당의 미사에 참례했다.

#2. 첫 번째 동행자

6월의 어느 날, 나는 배론성지로 향했다. 용소막성당으로 가는 길에 여러 번 눈에 띄었던 배론성지 안내판 덕에 마음속에 이미 호기심이 들어차 있기도 했고 잘 꾸며진 홈페이지를 보면서 '이런 곳이라면 피정避靜: 일상생활의 모든 업무를 잠시 피하여, 성당이나 수도원 등 조용한 곳에서 장시간 자신의 쇄신을 위해 스스로를 살피고 기도하면서 지내는 것을 와도 좋겠다'는 생각이 들었다. 또한 용소막성당에서 좀더 가야 하는 배론성지는 내게는 영적으로도 조금 더 가서 만나야 할 곳으로 와닿았다.

단, 이번엔 혼자가 아니라 엄마와 함께였다. 애초 성당을 찾아다니기로 하면서 나는 그 누구와도 동행하지 않겠다고 마음먹은 터였다. 오며 가며 내가 어떤 감정 상태에 빠질지 몰랐고, 옆 사람 신경을 쓰다보면 생각의 맥이 끊길 수도 있으니까. 하지만 내가 경험한 좋은 느낌을 엄마에게 나눠드리고 싶어졌다. 연초 가족여행을 갔을 때, 엄마가 부쩍 늙으셨다는 사실을 깨달았기 때문이다. 엄마와 같이 다닐 일이 앞으로 그리 많지 않을 수 있다는 아픈 위기감이 마음을 찔렀다. 여행이라면 무조건 좋아하는 엄마는 즐겁게 따라나섰다. 불교에 무속신앙, 개신교까지 섭렵했던 엄마는 이미 수 년 전, 가톨릭 세례를 받은 터였다.

미사 시간을 고려하여 아침 8시 반에 출발했고 11시경 충북 제천에 있는 배론성지에 도착했다. 유난히 구름이 많은 날이었는데 구름 너머

이 넓은 공간을 가득 채운 것이 나무들만은 아니었으리라. 눈에 보이지 않는 찬란한 기운에 휩싸여 있던 배론성지의 모습.

로 하늘이 파랗게 빛나고 있어서 날씨 걱정은 하지 않았다.

배론舟論이라는 이름은 마을의 골짜기가 배 밑바닥처럼 생겼다고 하여 붙여진 것으로, 1800년대 당시 초대교회 신자들이 박해를 피해 이곳에 숨어들었다고 한다. 최초의 신학교인 성요셉 신학교와 황사영 백서가 적힌 토굴, 그리고 최양업 신부의 묘가 보존되어 있다. 당시에는 화전과 옹기를 구워서 생계를 유지했다는데, 지금은 넓은 공간에 성지 조성이 너무 잘 되어 있어 솔직히 시골 성당이 아니라 '거대한 자연공원'을 방문하는 기분이었다. 11시 30분에 미사가 시작된다는 걸 알고 있었기에 우리는 느긋한 마음으로 차를 세우고, 성지 주변을 둘러보았다. 화사하게 피어 있는 색색의 꽃들과 아름다운 성모동산 앞을 지나자, 이곳이 성지가 된 가장 큰 이유라 할 '황사영의 백서 토굴'이 나타났다.

신유박해 당시 서울에서부터 이곳에 숨어들었던 황사영 알렉시오는 옹기굴을 가장한 이 토굴에 숨어서 박해 때문에 무너진 교회의 사정을 알리는 '백서帛書'를 썼다. 백서는 책이 아니라 베이징의 교구장 구베아 주교에게 보내는 편지글로서 가로 62센티미터, 세로 38센티미터의 명주 천 위에 적힌 글이다.

주문모 신부 및 30여 명의 교회 관련 인물들이 어떻게 순교를 당하게 되었는지, 또 순교자들의 죽음이 헛되지 않게끔 교회가 재건되려면 어떤 방안이 마련돼야 하는지 등에 대한 내용과 더불어 자신의 신앙고백이 깨알 같은 글씨로 적혀 있다. 그러나 백서가 베이징으로 전해지기 전에 황사영은 체포되었고, 백서는 당국에 압수되었다. 그렇게 그 역시 순교자의 대열에 들어선 것이다. 황사영이 숨어지내던 작은 토굴 안에 이 백서의 복사본이 전시되어 있다.

그때까지만 해도 나는 '순교'라는 단어를 사전적으로만 이해했을 뿐이었다. 그런데 황사영 순교자 현양탑에 적힌 글귀를 읽다가 그가 순교할 당시 나이가 스물일곱이었다는 사실을 알게 되었다. 무언가가 머리를 쾅 때린 것만 같은 충격. 왜 나는 순교자라고 하면 수염을 잔뜩 늘어뜨린 나이 지긋한 '아저씨'들만 상상했을까. 아무리 옛날과 요즘 의 기준이 다르다고 해도 스물일곱은 가장 건강한 몸으로 큰 뜻을 품 고 이제 사는 것처럼 살고 싶은 나이다. 그런 창창한 나이에 그는 깊은 산골 작은 토굴 속에 숨어들었다가 생을 마감한 것이다.

성교회가 전복될 위험에 처하여 있고, 백성들은 물에 빠져죽는 고통 속에 있는데도 어지신 아버지를 잃어 붙들고 호소할 데가 없으며, 진실 한 형제들은 사방으로 흩어져 서로 의논하고 일할 사람이 없습니다. 오 직 주교님께서는 은혜로는 부모를 겸하셨고, 의리로는 사목의 무거운 책임을 지셨으니, 반드시 저희를 불쌍히 여기시고 구원해주실 수 있을 것입니다. 이 극도에 달한 고통 속에서 저희는 장차 주교님 외에 누구에 게 호소하겠습니까.

| 황사영 백서 번역본, 《누가 저희를 위로해 주겠습니까》 |

그때, 문득 낯익은 얼굴이 눈에 들어왔다. 배론성지 홈페이지를 통해서 얼굴을 익혀두었던 여진천 주임신부님이었다. 신부님은 밝은 표정으로 우리에게 그리고 또 다른 방문 가족 세 분에게 미사 시간이 되었음을 알리며 성요셉성당으로 안내를 해주셨다. 성요셉성당은 한옥 건물로서 적은 인원의 순례자들이 미사를 볼 수 있게 되어 있었다.

신발을 벗고 들어가는 한옥 건물에서의 미사라니, 조금 어색하고 낯설었다. 엄마와 함께 미사를 보는 것도 처음이었다. 개인주의가 강한 우리 집에서는 아무도 서로에게 종교를 권하는 일이 없었으니까. 어느 날 언니가 "나 교회 다닌다." 하면 다니나보다, 엄마가 "나 이제 절은 안 다닐래!" 하면 또 그런가보다, 내가 "나 가톨릭 세례 받았어." 했을 때에도 모두들 "그랬니?"라는 반응을 보였을 뿐이다.

엄마가 가톨릭 세례를 받았다는 얘기를 들었을 때에도 나는 이렇게 생각했다. '뭐 번거롭게 그런 것을 받았지? 엄마가 많이 심심했구나.'라고. 노인들은 교리보단 사람 만나는 게 좋아 교회나 성당에 다니는 거라고. 그랬던 내가 엄마와 같이 이 먼 곳까지 와서 미사를 참례하려니 어쩐지 낯 뜨겁고 민망해서 미칠 것 같았다. 같이 목욕도 잘 안 다녔는데, 이 영혼의 목욕을 함께 해야 하다니!

게다가 엄마에게는 자식들이 가장 힘들어하는 치명적인 단점이 하나 있다. 모르는 사람들에게 너무 쉽게 말을 건다는 것! 도가 지나친 사교성이라고나 할까. 다짜고짜 옆에 있는 사람 누구에게나 뜬금없이 말을 거는 엄마 때문에 상대방이 당황하고 어리둥절해하는 모습을 여행하면서 참 많이 보았다. 그때마다 딸이라는 이유로 나는 상대방에게 '죄송합니다.' 하는 눈빛을 보내며 엄마 손을 잡아끌었다. 차라리 주변에 아무도 없으면 마음이 놓이지만 한 명이라도 다른 사람이 있으면 나 혼자 초긴장을 했다. 이렇게 낯선 사람들과 함께 한 공간에 있게 되자 나는 그 긴장감을 다시 느꼈고 '아, 괜히 엄마랑 같이 왔다' 하는 후회까지 들었다.

이 좁은 한옥에서 신부님을 코앞에 모시고서 미사를 드린다는 것도 너무 불편했다. 신부님과의 거리가 채 1미터도 안 되는 것이다. 이래 가지고서는 가끔 틀리기도 하는 기도문을 대충 얼버무릴 수 없지 않은가. 게다가 의자 없이 방석 위에 앉아본 지 오래된 나는 자세부터 좌불안석이었다. 책상다리를 했다가 무릎을 꿇었다가 옆으로 다리를 뻗었다가… 방정맞게 계속 자세를 바꾸었다. 물론 미사 주례하시는 신부님은 전혀 불편한 내색 없이 시종일관 밝은 표정으로 '어디에서들 오셨느냐' 며 좋은 말씀을 해주셨지만 말이다.

진땀을 흘릴 대로 흘린 뒤에야 간신히 미사가 끝났다. 그러나 결국 엄마는 내가 바라지 않던 사고를 치고 말았다. 출입구에서 인사를 나누시던 신부님께 내가 쓴 산티아고 순례기 이야기를 꺼낸 것이다.

"엄마! 아무도 그런 거 묻지 않았고, 관심도 없거든! 제발 그런 이야

시선을 돌리는 순간 절로 감탄사가 나올 만큼 아름다
운 성모동산. 그리고 '로사리오의 길'에서 만난 영광
의 신비 4단의 부조상. '예수님께서 성모님을 하늘에
불러올리심'을 표현하고 있다.

황사영의 백서가 전시되어 있는 토굴과 한국 최초의 근대식 신학교인 성요셉신학당.

기 좀 하지 마!"

나는 스스로 아무 때나 자기 이야기를 흘리는 건 정말 쿨하지 못한 행동이라고 생각해왔다. 그 주인공이 내가 된다는 건 죽기보다 싫었다. 너무 얄팍하고 주책스러워 보이지 않는가 말이다. 엄마 입장에서 아무리 자랑스러운 일이라고 해도 남들에게는 전혀 그렇지 않을 수 있다는 것을 왜 엄마는 모르나 싶고, 엄마를 미처 만류하지 못한 스스로를 자책하며 이제 이 일을 어떻게 수습할 것인가 난감해했다. 그런데 신부님이 환하게 웃으며 말씀하셨다.

"아, 산티아고 순례기? 어떤 책인지 궁금하네요!"

책을 한 권이라도 써본 사람은 알 것이다. 자기의 분신 같은 그 책에 누군가 관심을 가져주는 것이 얼마나 기쁘고 고마운 일인지를. 사실 내 차 트렁크 속에는 출간된 지 며칠 안 된 그 책이 여러 권 들어 있었

우리가 미사를 보았던 성요셉성당. 그리고 친절하게 우리를 반겨주신 여진천 폰시아노 주임신부님.

다. 꼭 누구에게 주기 위해서가 아니라, 내가 어디에 가든 계속 같이 있고 싶은 애착 때문이었다. 신부님이 관심을 보여주시자 비로소 막연하게 불편하고 창피했던 마음이 스르르 풀렸다. 다른 도시에서 대학생 딸과 같이 온 부부와 함께 점심을 먹자는 신부님을 따라 식당으로 이동하면서 나는 신부님께 내 책 한 권을 전해드렸다.

신부님과 식사하는 것도 사실 처음이었다. 신부님들이 이슬만 드시리라 믿은 건 아니지만, 미사가 아닌 이런 일상적인 자리를 함께한다는 것이 신기했다. 그제야 이 모든 것이 엄마의 그 '도가 지나친 사교성' 덕분이라는 생각이 들었다. 혼자였더라면 숙맥인 내가 이렇게 식사자리까지 따라오지는 못했을 테니까. 나는 엄마의 유난스런 사교성이 늘 싫었고, 그것을 만류하고 제재하기 위해 항상 애를 써왔는데, 내 오랜 고집과 상식이 뒤집어지는 것을 보니 여기가 정말 성지는 성지로

구나 싶기도 했다. 물론 엄마에게는 '엄마 덕분이라는' 내색을 절대로 하지 않았지만.

식사 후엔 더 놀라운 일이 일어났다. 신부님께서 사제관으로 우리 모두를 초대한 것이다.

언젠가 작은언니가 내게 물은 적이 있었다.

"신부님들은 보통 어디에서 사셔?"

가톨릭에 대해 전혀 모르는 언니는 신부님들이 각자의 집에서 성당으로 출퇴근하시는 줄 알았던 모양이다. 나는 잘난 척하며 대답했다.

"성당 안에 사제관이라는 공간이 있어. 설마 무슨무슨 아파트 몇 동 몇 호에 사시는 줄 알았던 거야? 하하하."

하지만 나 역시 사제관에 들어가본 적은 없었다. 그래서 내부가 어떤지 늘 궁금했다. 아파트나 오피스텔 같은 구조일까? 신부님들은 어떻게 인테리어를 하셨을까? 종교적일까, 아니면 개인 취향대로 다를까? 그런데 이렇게 직접 들어가보게 될 줄이야! 잔뜩 기대감을 품고, 처음 사귄 남자친구 집에 방문하는 것보다 더 설레는 기분으로 성모동산 앞에 있는 사제관으로 들어섰다.

생각보다 훨씬 넓은 공간이었는데 창문을 뺀 모든 벽이 책장으로 둘러싸여 있었다. 책장 속에는 책이 그야말로 빽빽했다. 심지어 책상 위와 바닥도 온통 책의 홍수였다. 거실을 서재로 만들자는 운동도 있었고, 출판사 동료나 소설가의 집에도 가보았기에 책 많이 가진 사람들의 공간이 낯설지 않았지만 이렇게 많은 경우는 처음 보았다. 방 한 칸으로 충분한 내 소유의 책들로는 명함도 내밀 수 없었다.

일행이 모두 소파에 앉자, 우리 방문객 중 제일 막내인 대학생이 주방으로 가서 커피를 타왔다. 커피를 마시며 이런저런 담소를 나누는 동안 신부님이 서강대 대학원에서 신학사 연구로 박사학위를 받으셨고 지금도 꾸준히 연구활동을 하고 계신다는 사실을 알게 되었다. 이 엄청난 책들이 모인 데는 이유가 있었던 것이다. 책장 사이로 오후 햇살이 비쳐들어오는 이 사제관에는 그야말로 '지성의 향기'가 폴폴 흘러나왔다.

커피를 마시고 나자 신부님은 책 선물에 대한 답례를 하겠다며 우리를 성물방으로 데려가셨다. 거기에서 당신이 직접 황사영 백서를 번역한 책 《누가 저희를 위로해주겠습니까》를 사서 모두에게 한 권씩 나누어주셨다.

신부님은 1994년 당시 보좌신부로서 처음 이 배론성지에서 사목을 하셨는데 황사영 백서가 적힌 토굴을 드나들면서 항상 황사영을 생각하셨다고 했다. 그리하여 혹독한 형벌에도 굴하지 않고 자신의 신앙을 고백했던 청년의 발자취를 직접 더듬어 석사논문을 썼고 그것을 이렇게 책으로 엮으신 것이다. 맛있는 점심식사에 커피, 그리고 소중한 책까지 선물받자 "아, 은총이라는 게 이런 것이구나!" 하는, 진짜 가톨릭 신자만이 할 수 있는 말이 가슴에서부터 솟아나왔다. 하지만 그것으로도 이야기는 끝나지 않았다.

이제 엄마와 나는 다 둘러보지 못한 성지를 좀더 보기로 했다. 배론성지는 정확히 여기부터 여기까지라고 경계가 정해지지 않은 듯, 저 멀리의 산까지 다 아울렀는데 우리는 성지의 초입에서만 오갔던 셈이다. 안쪽으로 걸어들어가다 보니 배론성지의 중앙으로 야트막한 시냇물 줄기가 흐르고 있었다. 엄마는 그걸 보고 말했다.

"아, 난 이런 물이 가장 좋아! 우리 어릴 때에는 항상 이런 데서 놀았어."

어린시절, 엄마의 고향인 안양 외갓집에 가면 항상 이런 개울가에서 미꾸라지나 송사리를 잡았던 기억이 난다. 엄마는 큰 바다나 강보다는 이렇게 졸졸 흐르는 물이 좋다며 연신 싱글벙글했다. 예쁜 나무다리를 건너자 최양업 신부 기념 조각공원이 보였다. 최양업 신부님의 탄생부터 선종까지의 생애를 벽화와 함께 정리해놓은 곳이다. 최양업 신부님은 우리나라에서 두 번째로 사제가 된 분으로 전라도, 경상도, 충청도 일대에서 사목을 하다가 문경에서 선종하셨는데 신학교와 가장 가까운 배론에 묻히신 것이다. 나는 벽화며 생애에 대한 문장들을 찬찬히 읽고, 사진도 찍었다. 그러다 정신을 차려보니 엄마가 없었다.

엄마에 대해 내가 가진 두 번째 불만은 이거다. 문득 말도 없이 사라지는 것! 보통은 엄마가 자식들을 잃어버리곤 하는데, 우리 모녀 사이에서는 항상 엄마가 없어졌다.

아마도 네 살 때였을 것이다. 엄마 손에 이끌려 작은언니의 유치원 소풍을 따라간 적이 있었다. 어린 마음에도 엄마 손을 놓치면 나는 집에도 못가고 죽을 것이라는 절박감에 계속 엄마 손을 붙잡고 있으려 애썼다. 그런데 어느 순간 엄마가 내 손을 탁 놓고 사라진 것이다. 나는 세상이 끝난 듯 울고, 울고 또 울었다. 한참 후(실제로는 5분도 안 되는 시간이었단다) 엄마는 다시 나타났지만 그때의 공포를 나는 지금도 잊을 수 없다.

도대체 그때 어디에 갔었던 거냐고 제법 머리가 큰 뒤에 나는 엄마에게 따져 물었다. 그러자 엄마는 앨범을 뒤적여서 작은언니의 사진 한 장을 보여주었다.

"이 사진 찍어주고 온 거였어."

유치원생인 작은언니가 종이로 만든 원통가면을 쓴 채 해맑게 웃고 있었다. 둘째 딸 사진 찍어주느라 잠깐 막내 딸의 손을 놓았을 뿐인 엄마, 그리고 그 짧은 순간 버려졌다는 기분으로 지나치게 좌절했던 막내 딸.

언젠가 나를 오래 지켜본 회사 동료가 이런 말을 한 적이 있다. 당신은 생각은 깊은데 마음이 너무 좁다고. 자기 변명으로 가득 차 있던 때였지만 그의 말에 수긍하지 않을 수 없었다. 다른 사람 같으면 그냥 넘어가는 일을 유독 까다롭고 예민하게 받아들이고야 마는 내 성정은 그 기원이 이렇게나 오래된 것이었다. 부모자식 간에도 궁합이 있다면, 유난히 속 좁은 막내 딸과 털털하고 자유분방한 엄마의 궁합은 좋을

너희가 보는 것을 보는 눈은 행복하다. 내가 너희에게 말한다. 많은 예언자와 임금이 너희가 보는 것을 보려고
하였지만 보지 못하였고, 너희가 듣는 것을 들으려고 하였지만 듣지 못하였다. | 루카 복음 10:23 |

수가 없으리라. 하지만 까다로운 사람은 누구보다 자신이 제일 괴로운 법이다. 성격을 고칠 수 있다면 엄마보다는 내가 달라지는 게 더 나은 길이 아닌가 싶은 생각이 들었다.

　나는 사라진 엄마에 대해 짜증을 내는 대신, 추리를 해보기로 했다. 과연 엄마는 어디로 갔을까. 오랜만에 풍요로운 자연공간으로 나왔으니 자연을 유난히 좋아하는 엄마는 무엇에라도 홀린 듯 숲으로 갔을 것이다. 숲길을 향해 걸어가자 역시나 그곳에서 풀을 뜯고 있는 엄마의 등이 보였다. 엄마가 반갑게 소리를 쳤다.

　"이리 와봐! 여기 싱아가 다 있네!"

　"싱아? 그게 뭔데?"

　엄마는 가느다란 풀을 내게 내밀더니 씹어보라고 했다. 밥에서 콩을 골라내고, 반찬에서 당근을 골라내는 나로서는 "어떻게 이런 풀을 나보고 먹으라는 거야!"라며 고개를 흔들 법도 했지만, 그때엔 그냥 받아서 입에 넣었다. 그리고 씹었다. 그랬더니 입 안 가득 새콤한 맛이 확 퍼졌다.

　"엄마 어릴 때는 과자가 귀했잖아. 그래서 오빠랑 같이 늘 이 싱아를 뜯어다가 씹곤 했어."

　그러고 보니 박완서의 《그 많던 싱아는 누가 다 먹었을까》라는 책 제목을 보며 도대체 '싱아'가 뭘까 궁금해했던 적이 있다. 이 싱아가 바로 그 싱아인 모양이다. 엄마는 계속 싱아가 눈에 띄는 대로 내게 뜯

좁은 화분에 담긴 채 내 손에 길러지는 식물들이 안쓰러울 만큼, 이곳은 나무들의 천국이었다. 이 좋은 공기와 햇살을 받으며 엄마도 나도 어린아이가 되었다.

어주었고, 나는 사양치 않고 계속 씹었다. 엄마는 이렇게 싱아를 뜯어보는 것도 정말 오랜만이라고 했다.

   그 숲길은 원래 묵주기도를 하며 걷는 '로사리오의 길'이었다. 성실한 가톨릭 신자라면 묵주를 가지고 와서 묵주기도를 하며 그 길을 걸었을 것이다. 하지만 덜렁이 신자인 엄마와 날라리 신자인 나에게 그 길은 '싱아를 찾아 뜯으며 걸어가는 길'이 되었다. 그런다고 뭐라는 사람도 없었다. 우리는 마냥 평화롭고 즐거웠다.

배론성지의 대성당 성전 내부와 전경. 성전의 제대 오른쪽에 예수님이 팔을 벌리고 선 형상이 세워져 있고 그 그림자가 벽면에 비친다.

#5. 오늘은 이것으로 충분합니다

슬슬 돌아가야 할 시간이 되었다. 왔던 길을 되짚어 가다보니 오른편으로 배론성지에서 가장 큰 건축물이자 중심이라고 할 수 있는 대성당이 보였다. 무려 2,000명이나 수용할 수 있는 큰 성전이라는데 여기까지 와서 대성당의 성전을 지나치는 건 너무 아쉬웠다. 나는 종종걸음으로 달려가 대성당의 문을 밀어보았다. 미사가 없는 시간이어서인지 문이 잠겨 있었다. 사방을 둘러보아도 "여기 언제 문 열어요?"라고 물어볼 사람 하나 보이지 않았다. 이대로 가야 하나 싶어 조금 좌절한 마음으로 몇 발자국 옮겼을 때였다. 분명히 사방에 사람이라고는 엄마와 나밖에 없었는데 갑자기 어디에선가 작은 이동용 카트를 탄 인부가 나타나더니 곧바로 대성당 문을 활짝 열어놓는 것이었다. 마치 연락이라도 받고 달려온 듯, 내게 들어가도 좋다고 허락하는 듯.

얼른 안으로 들어가 궁금하던 성전 내부를 구경하고 돌아서 나오자, 곧바로 맑고 투명한 미소를 띤 네 분의 수녀님이 나타나 다가오셨다. 배론성지로 순례를 오신 수녀님들이었을 텐데, 그분들은 '순수' '평화' '해맑음'이라는 단어를 곧장 미소로 구현하고 계셨다. 그런 미소를 보자 나도 덩달아 미소가 지어졌다. 늘 답답하고 슬퍼보였던 수녀복조차 그 순간에는 반짝이는 천사의 옷 같았다. 그래서였다. 한 번도 그래본 적 없었지만 나는 수녀님들 한 분 한 분과 일일이 정성스럽게 눈을 맞춰 인사를 나눴다.

그러고 나니 문득 빨리 이곳을 떠나야겠다는 생각이 들었다. 엄마와 함께 오면서 품었던 적잖은 걱정과 불안을 조롱하듯 모든 일이 너무 순조롭게 풀려가지 않았나. 이렇게 은총을 한꺼번에 배부르게 받아도 되는 걸까?

은총은 원래 '공짜'라는 뜻으로 아무런 이유 없이 주어지는 사랑이라고 한다. 내가 정식으로 고해성사를 하고 교회로 돌아왔기 때문인지 순전히 배론성지의 힘이었는지 모르지만 만약 여기에서 은총을 더 받았다가는 나 스스로 감당하지도 정리하지도 못한 채, 어쩌면 기쁨으로

심장이 터져버릴지도 모른다는 생각이 들었다. 세상에, 사람이 이런 걱정을 할 수도 있다니. 스스로 생각해도 어이없었다. 하지만 진심이었다. 나는 종종걸음으로 주차장을 향해 가며 이런 기도를 바쳤다.

하느님, 오늘은 이것으로 충분해요, 충분합니다! 그러니 이제 좀 자제해주세요, 네? 아꼈다가 나중에 주시면 되잖아요? 네? 무슨 은총이 이리도 헤프신가요? 오늘만 날인가요?

건방진 신자인 나는 행복한 비명을 지르며, 옆에서 쉴새없이 이야기꽃을 피우는 엄마를 차에 태우고는 과분한 은총을 피해 달아났다. 하지만 내내 터져나오는 웃음은 참을 수가 없었다.

주소 충북 제천시 봉양읍 구학2리 644-1
전화번호 043-651-4527
홈페이지 www.baeron.or.kr
교통 경부고속도로 → 영동고속도로(신갈 분기점) → 중앙고속도로(만종 분기점) → 신림 IC로 나와서 좌회전 2번 후 원주-제천 간 5번 국도로 약 13킬로미터 직진.
여행정보 제천10경이라고 하여 의림지, 박달재, 월악산, 청풍문화재단지, 금수산, 용하구곡, 송계계곡, 옥순봉, 탁사정, 배론성지를 꼽는다고 한다(제천문화관광 홈페이지를 참조할 것. http://tour.okjc.net).

매일 근원 모를 '한결같은 사랑' 속에 살면서 '은총의 강'에 몸을 맡기고 '그분의 빛'을 통해 완전히 새로운 세상을 보게 되었기에 나는 내가 만든 엉성한 기도문에 이 내용을 추가했다. 위대한 신비가의 지혜가 곁들여지자 내 기도문에도 비로소 품위라는 게 생겼다.

금사리성당 12

성전은 각자의 마음속에 짓는 것이라고 한다. 밖으로 나돌던 나도 이제는 마음에 성전을 짓고 싶어졌다. 나만의 기도문을 완성한 나는 옷방 한쪽 벽에 탁자와 촛대를 놓고, 마침내 나만의 기도자리도 만들었다. 초에 불을 켠 순간만큼은 내가 아무 이유 없이 충만히 받고 있는 이 사랑을 다른 누군가에게 똑같이 돌려주는 듯 느껴졌다. 나는 매일 밤 기꺼이 촛불을 켰다.

#1. 스트레스성 우울증입니다

"나무를 그려보세요……. 사람을 그려보세요……. 집을 그려보세요."

몇 년 전 어느 토요일 오후, 나는 하얀 종이에 임상 심리학자가 시키는 대로 이런저런 그림을 그리고 있었다. 내 발로 찾아간 정신과에서 받아본 심리검사였다. 로샤 검사, 블럭쌓기 그리고 숫자나 계산이라면 초등학생 수준만도 못한 내게 암산까지 시킨 후 검사는 종료되었다. 진땀을 흘리며 휘청거리는 걸음으로 나는 검사실을 나왔다. 약 2주 후 결과지를 받았다. 복잡한 그래프와 긴 설명을 주욱 훑어본 뒤 의사에게 물었다. "그래서 결론은 뭔가요?" 의사가 대답했다. "스트레스성 우울증입니다." 나는 그럴 줄 알았다고, 고개를 끄덕였다.

그때까지의 내 삶은 밖에서 보기에는 특별히 문제가 없는 듯했다. 모든 것이 잘 돌아갔다. 단 한 가지, 나만 빼놓고 말이다. 음식이 잔뜩 차려져 있는데 내가 좋아하는 반찬은 하나도 없어 쫄쫄 굶는 그런 상황. 사는 게 전혀 재미없었다.

남들이 스트레스를 해소하기 위해 즐긴다는 모든 것이 내게는 낙이 되지 않았다. 나이트클럽에 놀러가자는 친구들의 제안, 유행하는 살사

댄스 배우기, 와인 동호회 등에도 흥미가 전혀 일지 않았다. 명품가방이나 신상구두가 주는 즐거움도 오래 가지 못했다.

대신 묵은 의문이 자꾸 되살아났다. 왜 살아야 하는 걸까. 남들이 생각하는 '호상'이라는 나이에 도달할 때까지 이런 무미건조한 삶을 질질 끌어가야 하는 것인가. 도무지 끝날 기미 없는 지루한 영화를 보며 하염없이 극장에 앉아 있는 나. 아, 그만 보고 싶다! 나가고 싶다!

그리고 어떤 이와의 짧은 만남을 끝낸 뒤, 문득 알게 되었다. 내가 진짜 나를 숨기고 감추고 억누르는 데 내 젊은 날을 바쳐왔다는 것을. 그랬다. 나와 나 아닌 것이 대립하게 되면 얼른 나를 죽이는 게 유일한 해법인 양 행동했고, 그래서 누구를 만나도 힘들고 답답하고 외롭기만 했다.

예전부터 나는 지위가 높다거나 돈이 많다거나 나이가 많다는 이유로 누군가를 존경하거나 마음을 굽힐 수 없었다. 인간적으로 존경받을 가치가 있는 사람이라야 비로소 내 마음의 빗장이 열렸다. N선생님과 J선배를 잊지 못하는 건 그들이 출세했기 때문이 아니라 마음으로 그들의 영혼을 경외했기 때문이다.

세상 사람들과 다른 기준을 가지고 사는 일은 특히 비즈니스 세계에서는 전혀 통하지 않는, 위험한 것이었다. 운 좋게 존경하거나 인정할 만한 사람들과 일하게 될 때에는 행복했지만, 그렇지 못한 경우 나는 불행해졌다.

힘들게 찾아간 금사리성당. 높은 언덕에 있었더라면 좀더 쉽게 찾았을까. 하지만 '이렇게 예쁜데, 높은 자리까지 탐낼 수는 없지' 라는 듯 금사리성당은 구룡평야 낮은 지대에서 기다리고 있었다.

현실과 내 의지가 대립될 때 N선생님은 '도 道의 세계에서 부유하라' 는 장자의 말로 현실을 헤쳐가라고 하셨다. 어릴 때는 그것 하나 붙들면 세상 모든 것을 꿰뚫게 되는 줄 알았지만 그러지 못했다. 돈 욕심을 부리는 사람들 때문에 법정에 서고, 애착 가지 않는 일 때문에 밤을 새우다보면 과연 어느 시점에서 그런 '거대한 융통성'을 발휘해야 하는지 알 수 없게 되었다. 여전히 나는 작은 일에 분노하고 연연하고 흔들리는 존재였다. 가장 적절한 '중용'의 순간을 찾으려는 시도는 늘 실패했다. 설사 그 순간을 포착해냈다고 해도 그것을 현실화시킬 능력이 없었다. 상처 입는 쪽은 언제나 나였다.

그래서 나는 가장 쉬운 결정을 내린 것이었다. 그냥 나를 포기하자. 남들이 사는 방법에 나를 맞추자. 내가 너무 철이 없고 비현실적이었음을 인정하자. 나를 내버리자. 다들 그렇게 살아가는 것 아닌가. 나 하나 죽여버리면 세상이 조용하다! N선생님, 저는 선생님 말씀대로 살 수가 없어요, 포기하겠습니다……

그래서 한때는 우주만큼 소중했던 나를 '쉿! 조용히 있어!' 하고 억누르기만 했던 것이다. 하지만 사회나 다른 사람들의 기준에 맞추어 살아본들 달라지는 것도, 더 좋아지는 것도 없었다. 진수성찬이면 뭐 해, 내가 먹고 싶은 게 없잖아! 영양실조로 현기증을 느낄 때쯤에야 나는, 하이데거가 말한 '비본래적인 삶'에서 벗어나 나에게 돌아오기로 마음먹었다. 아무리 초라하고 보잘것없더라도 내가 이 세상에서 책임져야 할 것은 바로 나 자신이었으니까. 이제 뒷전으로 밀어두기만 했던 나를 찾기로 했다.

수능시험보다 어렵던 그 심리검사 후, 나는 '무표정한 얼굴 속에 불편한 감정을 숨기고, 내면의 힘든 점을 그 누구와도 나누지 못해 갑자기 폭발시키곤 하는 우울한 영혼'을 찾아냈다. 그 영혼에게, 도대체 너는 무엇을 원하느냐고 물었다. 질문에 대한 답으로 나는 혼자 산티아고 순례길을 '여행'하였고, 결국 책 한 권이 나올 만큼의 체험을 했다. 그후 나는 다음과 같은 것들을 깨달을 수 있었다.

어디에서, 어떤 방식으로 존재하든 삶은 의미가 있다.

나는 있는 그대로 온전하다.

내게 나타나는 사람들은 모두 다 메시지다.

지금 이 순간에 만족할 수 있다면 삶의 목표는 달성된 것과 같다.

지금 이 순간에 만족하지 못한다면, 10년을 살든 20년을 살든 80년을 살든 갈증은 지속된다.

내가 모든 일을 책임지거나 해결하려고 애쓸 필요는 없다. 위대한 섭리가 나를 돌보고 이끌어줄 테니 그 섭리에 나를 맡기고 신뢰하라.

#2. 집중영성체험의 시간

여행을 지속하고 싶다는 내 꿈은 다시 성당 기행으로 이어졌고, 이 길은 또 내 오랜 영혼의 문제를 종합적으로 치유해주는 방향으로 나아가고 있었다.

어느 유럽 영화에선가, 마을 사람들 모두 아침 일찍 미사를 드린 후 밭을 매러 가거나 양을 치러 가는 장면을 본 적이 있다. 그런 여유와 평화로움이 부럽던 나도 매일 아침 미사에 참여한 뒤 하루 일과를 진행하는 생활을 시작했다. 현대사회에서 아침 10시란 본격적으로 일을 시작하는 시간이다. 어떤 회사에서는 '집중근무시간'이라고 하여 10시부터는 아예 업무 이외의 전화나 회의까지 금지하기도 한다. 이런 시간을 오직 기도와 명상, 성가로 채울 수 있다니! 이 시간은 내게 '집중영성체험의 시간'이 되었다. 그뿐인가. '아, 이번 주엔 어느 성당으로 가볼까' 하며 아름다운 성당을 찾아 지도를 검색할 수 있다는 것은 또 얼마나 행복한 사치인지. 은행 잔고와 전혀 상관없이 나는 세상에서 가장 큰 부자로 살고 있는 것 같았다.

미국에서 사업을 하시는 이모, 누구보다 합리적이라고 생각했던 그분조차 나의 생활에 대해 전해드렸을 때 이런 말씀을 해주셨다.

"그건 네 인생에서 아주 오래 전부터 계획되어 있던 일인 거야."

언제까지나 이렇게 살 수 없다는 것은 안다. 성당 기행도 언젠가 끝을 내야 했다. 하지만 할 수 있는 한 지속하고 싶은 마음을 어쩔 수가 없었다.

그렇다고 내가 가톨릭 교리에 대해 다 파악하였다거나, 예수님의 환영을 보았다거나 하는 '특별한' 사건이 있었던 것은 아니다. 어느 강론 중 금요일을 피해 일부러 목요일에 고기를 먹었다는 이야기를 들었을 때 "아니, 왜 금요일에 고기를 먹으면 안 되지?" 하고 의아해서 주변을 둘러보기도 했고(예수님이 십자가 위에서 돌아가신 날이 금요일이라 그날엔 금육을 지키는 전통조차 몰랐다), 가톨릭 신자들의 믿음을 대변한다는 〈사도신경〉을 외울 때에도 "이 문장이 맞던가?" 하며 구절구절에 연연할 뿐이었다. 아무리 오래 전이었다지만, 내가 교리 공부를 했었는지 의심스러울 정도로 아는 게 전무했다. 전대사가 뭔지, 성시간이 뭔지, 파스카는 또 뭔지 낯선 용어들이 줄을 이었다. 이런 상태로 계속 표류했다면 나는 또 "아! 가톨릭은 너무 어려워!" 하고 포기하고 돌아섰을지도 몰랐다.

그럼에도 불구하고 이상한 일이 내게 일어나고 있었다. 가슴 속에서 뭔가 따뜻한 게 끓어올랐다. 마치 내가 누군가를 열렬히 사랑하고 있는 듯한 느낌, 혹은 누군가 나를 아주 따뜻하게 지켜보는 듯한 느낌이 지속되었다. 하루 종일 저절로 미소가 지어지고 책을 읽어도, 영화를 보아도, 글을 쓸 때에도 마냥 편안하고 행복했다.

무표정한 얼굴로 도대체 왜 살아야 하는지 의아해하며 정신과를 찾아갔던 시절을 떠올려보았지만 내가 왜 그런 생각을 했었는지 조금도 공감이 가거나 이해되지 않았다. 전혀 다른 사람이 되기라도 한 듯 말이다. 그때의 나와 지금의 내가 만나서 대화를 했다면 아마 이런 풍경이 연출되었을 것이다.

"아! 정말 지겨워서 미치겠어! 내 인생은 왜 이럴까?"

'대전의 집'이라고 명명된 구사제관. 새 사제관이 생긴 지금은 신자들을 위한 회합실 또는 교육관으로 활용되고 있다.

"그래? 난 전혀 그런 생각 안 해봤는데. 무슨 일 있어?"

"그냥. 사는 게 의미가 없잖아."

"(고개를 갸웃거리며) 글쎄…… 네가 왜 그런 말을 하는지 모르겠다. 난 하루하루가 소중한데!"

살아가는 일이 의무였던 그때와 달리 이제는 살아가는 일이 축복이자 선물이었다. 어떻게 이런 전환이 이루어졌는지 나는 곰곰이 생각해보았다. 하지만 알 수 없었다. 십자가의 길 기도나, 성체조배, 묵주기도는 여전히 내게 낯설기만 했다. 나는 그저 다섯 줄 남짓한, 나만의 기도문을 만들어 미사 전과 미사 후에 쑥스러워하며 얼른 읊조렸을 뿐이다. 아무리 기억을 더듬어보아도 이런 느낌, 일정 수준으로 유지되는 평온함과 행복감을 경험해본 적이 없었다.

분명한 건 이런 감정이 '사랑'에서 비롯된다는 사실이었다. 나는 근원도 한계도 모르는 사랑 속에, 뚝배기처럼 보글보글 끓는 사랑 속에 온몸을 담그고 있었다.

이것이 만약 내가 생각하는 방식을 바꾸어서 얻은 행복이었다면, 또는 새로운 교리나 지식을 배워서 '아, 이렇게 살면 더 좋은 것이구나' 하고 설득되어서 얻은 행복이었다면 좀더 논리적으로 설명할 수 있을지 모르겠다. 여러분! 사랑은 이렇게 해서 얻는 것이고, 행복은 이렇게 해서 찾아내는 것이에요, 하고. 하지만 이것은 그냥 파도처럼 밀려들어와서 나를 압도해버렸으므로 어떻게 설명할 수가 없다. 다만 '사랑'이 있다는 것, 그 '있음'을 내가 느낀다는 것뿐. 그 전에는 아주 위급할 때에만 나를 돌보던 '섭리'가 이제는 24시간 나를 보호하는 듯했다. 내가 굳이 잘 보이려고 애쓰지 않아도, 기도문을 멋들어지게 외우지 못해도 '괜찮다'며 등 두드려주는 포근함이 내곁에 줄곧 머물렀다. 그리하여 나는 이제 고백하는 것이다. 은총으로 사는 것과 인간적인 노력으로 사는 것은 정말 다른 일임을 알았다고.

하느님의 성령이 사람에게 내려와 그 임재의 충만함으로 뒤덮으면 그 사람의 영혼은 말할 수 없는 기쁨으로 넘치게 된다. 왜냐하면 성령은 그가 만지는 모든 것을 기쁨으로 채우시기 때문이다.

| 러시아의 은자 성 세라핌 |

이토록 편안한 흐름 위에서 무한한 사랑을 느끼며 나는 다음 행선지를 부여에 있는 금사리성당으로 정했다. 1906년에 완공되었다는 부여 금사리성당은 평지 위에 세워진 건물로, 검은 띠를 두른 듯한 모습이다. 누군가 내게 성당을 한번 그려보라고 하면 이 성당을 본떠서 그리고 싶을 만큼 사진 속의 성당은 차분한 매력을 지니고 있었다. 배론성지에서 뜻밖에 좋은 파트너가 되어주었던 엄마를 또 옆에 태운 채, 나는 태어나 처음으로 부여를 향해 달렸다.

#3. 참 귀여운 성당

'금사리 천주교회'라는 문패가 붙은 정문을 들어서면 총 네 채의 건물이 보인다. 오른쪽 앞에는 신축 성당, 가운데 뒤쪽에는 1906년에 지은 옛 성당, 그리고 왼쪽에 구사제관과 신사제관이 있다. 주변에 큰 산이 없는지라, 아담하고 야트막한 건물들이 옹기종기 모인 모습이 무척 사랑스럽다.

흔히 남자들은 여자로부터 '귀엽다'는 말을 들으면 자신을 만만히 여기나 싶어 자존심이 상한다고 한다. 하지만 여자들의 입에서 '귀엽다'는 말이 튀어나오는 건 이런 때이다. '내 마음에 쏙 들게 사랑스러울 때.' 내게 금사리성당은 귀엽다는 수식어를 아낌없이 붙이고픈 공간이었다.

쏟아지는 햇살을 받으며 성당 마당을 거닐었다. 입구 오른편에는 루르드의 성모상과 벨라뎃다 성녀상이 자리를 지키고 있다. 작은 동굴 안에 자리잡은 성모상과 성녀상 사이에서는 잎이 무성한 푸른 관목이 생명력을 뽐냈다.

새로 지은 성당 입구에는 주보성인인 성 프란치스코 하비에르의 성상이 서 있다. 두 손을 가슴에 모은 채 먼 하늘을 올려다보는 모습이다. 스페인 태생의 예수회 신부로서 동양으로 파견되어 인도, 일본 등지에서 선교 활동을 하셨던 분이라고 한다.

화가 루벤스의 〈성 프란치스코 하비에르의 기적〉이라는 그림을 보면 성 프란치스코 하비에르의 설교를 듣기 위해 모인 군중 속에 한복을 입은 남자가 끼어 있다. 〈한복 입은 남자〉라는 루벤스의 유명한 드로잉은 이 〈성 프란치스코 하비에르의 기적〉을 그리기 위해 미리 연습한 것이라는 설이 있다. 하비에르 성인이 한국에 왔었다는 기록은 없지만 이렇게 그림 속에서, 그리고 곳곳의 성당에서 우리와 만나고 있으니 이 역시 특별한 인연이라 이름 붙여야 할 듯싶다.

부여군에 세워진 최초의 성당 건물이라는 옛 성당으로 다가갔다. 안내판의 설명에 의하면 남자와 여자가 확실하게 자리를 구분하여 앉도

금사리성당의 주보성인 성 프란치스코 하비에르의 성상. 바오로 사도 이후 가장 많은 사람들을 가톨릭에 입교
시켰다고 알려져 있으며, '선교의 수호자' 라고도 일컬어진다.

록 중앙에 나무 기둥을 세워 마루를 둘로 가른 양식으로 지어졌다고 한다. 안으로 들어서니 아담한 공간 때문인지, 마루며 의자며 목재가 많이 쓰인 덕분인지 옛날 학교 교실에 들어온 기분이었다. 나는 앞에서 두 번째 자리에 앉아보았다. 이렇게 교실 같은 성전에서 미사를 본다면 정말 초등학생의 순진한 동심으로 돌아가게 되지 않으려나. 4열종대로 긴 의자가 늘어서고 수백 명이 함께 참여할 수 있는 우리 본당의 미사 분위기와는 아무래도 많이 다르겠지. 단, 중간에 도망친다거나 꾸벅꾸벅 조는 일은 절대로 불가능하리라.

이런 이야기가 있다. 어떤 외국 배우가 신부 역을 맡게 되었는데 잠깐 촬영이 중단된 틈에 수단(신부님들이 평상복으로 입는, 발목까지 내려오는 긴 옷)을 입은 채 거리를 서성이고 있었다. 그런데 갑자기 한 어린아이가 "신부님!" 하며 달려와서는 다짜고짜 팔에 매달리며 한참을 놀다가 갔다. 전혀 모르는 사람인데도 단지 신부라는 이유만으로. 어린아이의 눈에 가톨릭 신부가 그렇게 무조건 신뢰할 수 있고 편안한 존재라는 데 감동받은 그는 다음 해에 가톨릭 신자가 되었다고 한다.

어린아이뿐인가. 신자라면 누구나 신부님에게서 무한한 사랑과 너그러움을 기대한다. 웃는 얼굴, 따뜻한 태도, 지혜로운 말씀까지. 하지만 그런 표면적인 모습은 부차적인 것. 가톨릭에서 사제직의 핵심은 미사를 봉헌하는 일이다. 혼자서라도 매일 미사를 바치는 것이 신부의 의무이며, 부제가 사제 될 때에 받는 가장 큰 선물이 미사 중 사용할

약 100년이 된 금사리성당의 아담한 성전 내부. 현대적인 새 성전을 짓긴 했지만, 보수공사를 마친 후 중요한 시기엔 이 곳에서도 미사를 바친다고 한다.

제의와 성작일 정도로 사제의 정체성은 미사에서 드러난다.

예전에 나를 따끔하게 혼냈던 그 신부님 역시 자신의 임무에 충실하셨던 것뿐이다. 하지만 사제의 길에 놓인 수많은 어려움 중에 수위를 다투는 건 아마 이런 것이리라. 그 모든 인간적인 한계를 이해함에도 불구하고 모든 신자들이 신부님에게서 예수님의 모습을 보고 싶어한다는 것. 내게도 신부님에 대해 어쩔 수 없는, 그런 기대와 열망이 있다. 나처럼 칠칠치 못한 사람조차 일곱 번씩 일흔 번 용서할 만큼 너그럽고, 그 너그러움을 스스로 사랑할 수 있는 성직자이기를 바라는 것이다. 어차피 아무나 갈 수 없는 길을 선택하신 분들이니 그런 위대하고도 불가능한 목표 하나씩은 품고 계시리라 믿고 싶다.

밖으로 나오니 하늘이 구름 한 점 없이 파랗다. 그리고 사방이 조용했다. 아무리 화요일부터 금요일까지 평일미사는 저녁에만 있다지만, 인적이 이렇게 완전히 끊길 수가. 어렵게 도착한 것을 생각하면 여기에서 밤을 새워도 아깝지 않을 정도였지만 배론성지에서처럼 미사 참례를 할 수 있는 상황은 아니었다. 우리는 큰 나무 사이의 평상에 앉아 엄마가 싸온 도시락을 먹은 뒤, 작고 귀여운 금사리성당을 떠났다.

#4. 힐데가르다의 기도

금사리성당에 다녀온 후 얼마 되지 않아 나는 어느 고마운 분으로부터 내 세례명의 주인공인 힐데가르다의 묵상집을 선물받았다. 그 책에는 내가 《가톨릭 기도서》에서도 미처 발견하지 못했던, 마음에 꼭 드는 기도문이 있었다.

오, 하느님!
당신의 한결같은 사랑보다 값진 것이
저에게는 없나이다.
당신 날개 그늘 아래 몸을 숨기고
풍성한 잔치를 즐기나이다.
당신 은총의 강에
이 몸을 맡기나이다.
당신과 함께 있는 곳
거기에서 생명의 샘이 솟아나오고
오직 당신의 빛 안에서만, 제가
빛을 보기 때문입니다, 아멘.

12세기 독일의 수도원장이었던 그녀는 흔히 '빙엔의 힐데가르데'로 알려져 있고 예언자, 과학자, 작곡가, 백과사전 편집자, 극작가로서도 많은 업적을 남긴 바 있다. 내겐 힐데가르데라는 이름보다는 《가톨릭 성인전》에 수록되었던 '힐데가르다'라는 이름이 더 친숙하지만.

그녀는 말했다. '인간의 과제는 자신의 상처를 진주로 바꾸는 것'이라고. 이제 그것은 내 인생의 과제이기도 했다. 매일 근원 모를 '한결같은 사랑' 속에 살면서 '은총의 강'에 몸을 맡기고 '그분의 빛'을 통해 완전히 새로운 세상을 보게 되었기에 나는 내가 만든 엉성한 기도문에 이 내용을 추가했다. 위대한 신비가의 지혜가 곁들여지자 내 기도문에도 비로소 품위라는 게 생겼다.

성전은 각자의 마음속에 짓는 것이라고 한다. 밖으로 나돌던 나도 이제는 마음에 성전을 짓고 싶어졌다. 나만의 기도문을 완성한 나는 옷방 한쪽 벽에 탁자와 촛대를 놓고, 마침내 나만의 기도자리도 만들었다. 초에 불을 켠 순간만큼은 내가 아무 이유 없이 충만히 받고 있는 이 사랑을 다른 누군가에게 똑같이 돌려주는 듯 느껴졌다. 나는 매일 밤 기꺼이 촛불을 켰다.

주소	충남 부여군 구룡면 금사리 334
전화번호	041-832-5355
홈페이지	없음.
교통	경부고속도로 → 대전 · 천안 방면 → 천안논산고속도로에서 광주 · 전주 · 공주 방면 우측 → 당진상주고속도로 → 당진대전고속도로에서 서공주분기점 방면으로 우측 → 서천공주고속도로에서 서천 · 서공주 방면으로 우측 → 서부예IC 교차로 우측 → 보령 · 구령 방면 우측 → 주정 삼거리에서 2번 좌회전 후, 내려가는 구도로를 찾을 것.
여행정보	부여하면 바로 떠오르는 낙화암 외에 백제왕릉원, 궁남지, 송국리선사취락지, 백제역사문화관, 정림사지박물관, 국립부여박물관, 만수산자연휴양림, 서동요 테마파크 등이 있다(부여문화관광 홈페이지 참조. www.buyeotour.net).

하지만 이 순간 깨달았다. 자신을 사랑하고 격려하는 일은 나를 단단하게 만들지만, 이렇게 밖에서 주어지는 사랑은 나를 부드럽게 만든다는 것을. 사람은 단단해져야 할 때도 있지만, 부드러워져야 할 때도 있다. 무슨 수련이나 고행을 하듯, 모든 짐을 홀로 지고 스스로 격려하며 살아가는 일은 세상과 나 사이에 점점 높은 담을 쌓을 뿐이었다.

금사리성당에 다녀온 뒤, 근 두 달 동안 나는 다른 성당에 찾아가지 못했다. 내가 신자로 돌아옴으로써 모든 목적이 달성되기라도 한 듯 긴장이 풀린 것이다. 흔들리고 갈팡질팡하던 때와 달리 뭔가 일단락된 것 같은 기분. '그리하여 나는 가톨릭 신자로 다시 살게 되었습니다……끝!' 이렇게 해피엔딩이라도 이루어진 것처럼, 나는 가까운 본당에 출퇴근하는(?) 생활에 만족했다. 미사의 달콤함만 즐기면서 말이다.

그렇게 게으름을 피우던 가운데 모처럼 지인들과의 술자리에 끼게 되었다. 너무 오랜만이라 "왜 술을 안 드세요." "이거 나 혼자 취하는 거 아냐?" 같은, 십수 년 들어온 식상한 대화조차 반갑던 그 자리에서 초면의 여류화가 분이 이런 이야기를 꺼냈다.

"사람은 누구나 반드시 사랑을 해야 해요. 인간은 원래 차가운 동물이기 때문이에요. 사랑을 해야 따뜻한 온기를 받을 수 있어요."

밖에서부터 오는 사랑이 아니면 인간은 따뜻해질 수 없는 거라고, 그래서 사랑받지 못한 아이들이 어른이 되어서도 그 사랑에 굶주린 내면의 아이를 어쩌지 못해 어둠의 길을 가는 거라고. 사랑은 '자가발

전' 할 수 없으므로 더 늦기 전에 자기 짝을 찾아야 한다는 것으로 이야기는 넘어가버렸지만 그분의 말이 내게는 참 인상적이었다.

그분을 찬찬히 지켜보던 나는 문득 손가락에 끼워져 있던 묵주반지를 발견했다. 성당 건물을 구분하게 되더니 이제는 가톨릭 신자 식별하는 법도 알아낸 것이다. 나는 혹시 알고 계신 아름다운 성당이 있느냐고 물었고 그분은 곧바로 내게 남해성당을 추천해주었다. 경상남도 남해! 그곳이라면 그동안의 여정을 뛰어넘는 최장거리 여행이 될 듯했다. 하지만 귀가 솔깃했다. 내가 이 분을 만나게 된 것은 '이제 게으름 그만 피우고 남해성당에 가보라'는 메시지를 받기 위해서였다는 생각마저 들었다. 그리하여 곧 계획을 세웠다. 남해성당으로 떠나던 9월의 첫날은 내 생일이기도 했다.

아침에 일어나자마자 나는 한껏 들뜬 마음으로 엄마에게 전화를 했다. 오늘은 정말 멀리 있는 성당으로 같이 가자고. 생일인 데다 날씨도 좋았지만, 그렇게 기분이 좋았던 것은 그날 꾼 '사장님 꿈' 덕분이었다. 신앙생활보다 직장생활을 더 오래 한 탓인지 내게는 한심하게도 이런 증상이 있다. '하느님!'을 외쳐야 하는 순간에 자꾸 '사장님!'을 먼저 불러대는 것. 아차 싶어서 다시 입을 열면 '신부님!'이 나오고, 세 번째 가서야 비로소 '하느님!'이 나온다. 하느님 입장에서는 '왜 내가 사장님, 신부님 다음에 세 번째냐!' 하고 서운하시겠지만, 입에 밴 습관이라 쉽게 바꾸질 못했다. 어쨌거나 내 무의식에서는 하느님보

다섯 시간 동안 누군가 뒤에서 밀어준 듯 신나게 달려온 이 먼 곳에서 나는 남해성당과 만났다.

다 더 가까운 어떤 사장님이 꿈속에서 '지갑과 시계'를 내게 선물로 주셨다. 정확한 해몽은 몰라도 지갑은 돈을 상징하고 시계는 시간을 상징할 테니 '돈이 생기는 아주 즐거운 시간을 갖게 된다'는 뜻이 아니려나, 나는 그런 기대를 했다.

그날은 화요일로 남해성당의 미사는 저녁 8시에나 있었다. 내려가는 시간만 5시간이 넘게 걸리니, 저녁 8시 미사에 참여하고 서울에 올라온다면 새벽 2시가 넘을 터였다. 그렇다면 운전하는 나도 엄마도 너무 피곤한 일정이 된다. 그리하여 아예 미사는 포기하고 성당과 주변 풍경, 특히 가까운 곳에 있다는 '독일마을'만 구경하고 돌아오기로 계획을 세웠다.

나는 손바닥만 한 메모지에 거점이 되는 지명 열댓 개를 죽 나열한 뒤 대시보드에 단단히 붙여두었다. 갈 때는 위에서부터 아래로, 올라올 때는 아래에서부터 거꾸로 보면 된다며 그 메모지만 철썩 같이 믿었다. 동화《헨젤과 그레텔》에서 헨젤이 왜 검은 돌이 아닌 하얀 돌을 주워 모았었는지는 까맣게 잊은 채.

출발하기 전 나는 엄마에게 말했다.

"엄마! 나 오늘 아주 좋은 꿈 꿨어!"

"그래? 그럼 지금 말하지 말고 이따가 저녁 때쯤 말해. 미리 말하면 복 나가!"

가톨릭 신자라면서 좋다는 미신은 다 지키고 싶은 우리 모녀는 그렇게 의기투합하였다.

남해로 향하는 고속도로를 타다보니, 무주를 지날 때쯤 되자 멀리에서 특이한 산봉우리 두 개가 보였다. 생전 처음 보는 광경에 저게 도대체 뭘까, 하고 궁금해하자 엄마가 마이산이라고 알려주었다. 나는 그렇게 가본 적 없는 새로운 길을 지나, 마침내 남해대교까지 내려왔다. 그리고 중부지방과는 전혀 다른 풍광의 따뜻한 남쪽나라로 건너갔다. 하늘빛, 바다색, 그리고 나무 종류까지 모든 게 달라보였다. 제주도를 빼놓고는 이렇게 남쪽 끝까지 와본 것은 처음이라 자꾸만 가슴이 설렜다. 운전에 집중하느라 제대로 풍경을 볼 수 없다는 게 얼마나 아쉽던지……. 할 수 없이 옆에 있는 엄마에게 중계방송을 부탁했다.

"엄마, 바다 보여? 바다 어때?"

"음, 좋아!"

엄마는 내가 소감을 묻는 것으로 생각했는지 건성으로 답했다.

"지금 보이는 바다는 어때? 바위나 섬도 보여?"

"음, 보여!"

내가 기대했던 생생하고 구체적인 표현은 끝내 나오지 않았다. 엄마는 혼자서만 이 풍광을 만끽하느라 정신이 없었다. 엄마에게는 운전해주는 딸이 있고 나는 없으니, 할 수 없는 일이었다. 일단 남해성당이 있는 남해읍을 향해 달렸다. 좁은 골목길로 들어서자 약간 비탈진 길 오른쪽으로 '천주교 마산교구 남해성당'이라는 간판이 보였다. 차는 그 앞에 세워두고 성당 벽을 장식한 아기자기한 벽화를 감상하며 우리는 남해성당을 향해 언덕길을 올라갔다.

남해성당은 한눈에도 참 '젊고' 아름다워 보였다. 이제 지은 지 20년 남짓한 성당이니 그동안 보아온 성당들에 비하면 완전히 새 건물인 셈이다. 삼각 지붕이 성당 높이의 3분의 2 이상을 차지하는 독특하고 세련된 구조는 남해가 아니라 서울 강남 어디쯤에 있는 성당이라고 하는 편이 더 어울릴 듯싶었다. 성모상 주변을 열대나무(라고밖에 표현할 수 없는 나의 무지에 용서를 빌며)들이 둘러싸고 있는 풍경에서 간신히 여기가 남해라는 것이 증명될 뿐이었다. 성당 지붕의 십자가는 피뢰침

남이 너희에게 해 주기를
바라는 그대로 너희도 남에게 해주어라
(마태 7, 12)

남해 특유의 풍부한 일조량 덕분이었는지, 유난히 선명한 시야 속에 남해성당 주변의 모든 것들은 환하고 밝게 보였다. 성당으로 올라가는 벽에는 '남이 너희에게 해주기를 바라는 그대로 너희도 남에게 해주어라'라는 패널이 붙어 있다.

피에타 조각이 보이는 성당 정면과 성전 안. 효율적인 공간 활용을 생각한다면 이토록 뾰족한 삼각 지붕은 사실 난감하다. 창가 쪽에 앉는 사람은 천정이 바로 머리 위에 있게 된다. 그럼에도 난 사각의 효율성보다 삼각의 상징성에 더 마음이 끌렸다.

처럼 가늘고 작아서 정면의 피에타 조각상이 가장 눈에 띄었다. 공중에서 만나는 피에타 조각상이라니!

그러고 보니 문득 이런 궁금증이 생겼다. 이토록 다양하고 아름다운 성당 건물의 설계와 건축은 어떻게 이루어지는 것일까. 물론 성당을 책임질 신부님의 의견이 많이 반영되겠지만 건축가의 영성이나 미적 감각도 중요한 요소로 작용할 것 같다.

'건물 전체의 이 거대한 삼각구조는 삼위일체의 영성을 상징하는 것입니다! 이 삼각형을 강조하기 위해서는 지붕 위의 십자가를 작게

만들어야 합니다.'

'성당으로 들어오는 분들의 시선이 가장 먼저 모이는 이 벽면 중앙에 피에타상을 집어넣는 것은 어떨까요?'

'아침에 해가 뜨면 성가대 쪽 창문으로 햇빛이 들어와 곧바로 제대 위의 십자고상을 비춥니다. 오후에는 양쪽 창문에서 들어오는 햇살이 성전을 고루 비춥니다. 그렇게 해서 이 성당은 빛으로 둘러싸이는 구조가 되는 것입니다.'

성당 건축에 착수하기까지 이런 이야기들이 무수히 오갔겠지. 고대 신전을 만든 사람이나 현대 성당을 짓는 사람이나 모두 같은 마음일 것이다. 거룩함과 신성함을 가장 아름답게 구현하고자 하는 마음. 그리고 완공 후엔 '보시니 좋았던' 창조주의 기쁨을 공감하고 만끽하는 것이 가장 큰 보람이자 대가였으리라. 하지만 아예 완공된 모습을 볼 수 없었던 이도 있다.

성당 건축에 온 생애를 바친 안토니오 가우디. 그는 1882년에 착공해서 아직까지도 완공되지 못한 바르셀로나의 사그라다 파밀리아 Sagrada Familila 성당을 짓던 도중, 건물을 살펴보며 뒷걸음질치다가 달려오던 전차에 치여 사망했다고 한다. 평생 독신으로 오로지 예술과 신앙에 빠져 살았던 가우디는 그 최후마저도 드라마틱했다. 하지만 애당초 성당의 완공 시점은 200년 후였고 40년을 매달려 일했던 가우디도 살아생전 자신의 눈으로 성당 전체의 모습을 볼 수 없으리라는 것은 알고 있었다. 그리고 가우디보다 한참 후에 태어난 우리도 그 성당이 완공된 모습은 보기 어려울 것이다. 예수 그리스도를 상징하는 170 미터 높이의 대형 돔과 12개의 첨탑(12사도를 상징)으로 이루어질 이 거대한 성당은 이제 겨우 4개의 첨탑만이 세워졌을 뿐이니 말이다. 그의 말처럼 하느님이 서두르지 않으시기 때문에, 건축비가 생기는 대로 조금씩 지어나가는 사그라다 파밀리아 성당은 미래의 후손들에게나 그 축복된 모습을 드러낼 것이다.

성당은 어떤 이유에서든 절대로 밋밋한 사각 콘크리트 건물로는 짓지 않는다. 상가 건물에 들어서는 경우도 거의 없다. 반드시 상징과 은유를 안고 우리 앞에 나타난다. 영성과 예술성으로 무장한 성당 건물은 누구에게나 가슴 설레는 감동과 영감을 선사한다. 신자든 아니든, 모든 사람들에게 공평하게 나누어주는 아름다움. 이는 가톨릭 정신의 또 다른 발현일 것이다.

2. 사랑 그리고 그 이면

엄마와 나는 남해성당을 에워싼 특별한 하늘빛과 따뜻한 햇살을 오래도록 즐겼다. 이렇게 예쁜 성당에서 미사도 못 드리고 그냥 나와야 한다는 것이 아쉬웠지만 '새벽 2시 귀가'는 도저히 엄두가 나지 않는 일이었다. 결과적으로는 그보다 훨씬 더 늦게 귀가하게 될 줄, 그때는 상상조차 못했으니까.

다음 행선지는 독일마을! 높게 경사진 바닷가에 그림 같이 예쁜 집들

독일 교포들이 한국에 정착할 수 있도록, 또한 독일의 문화를 경험하는 관광지로 2001년부터 조성된 독일마을. 교포들이 직접 독일에서 건축부재를 수입하여 전통적 독일식 주택을 건립하였다. 독일마을 보다는 '동화마을'이라는 이름이 더 어울릴 만큼 아름답다.

이 모인 이곳은 〈환상의 커플〉이라는 드라마의 촬영지로 유명해졌다. 실제로 외국에서는 바다가 내려다보이는 언덕을 명당으로 친다고 한다. 서울에서 한강이 내려다보이는 아파트를 최고로 치는 것처럼.

독일마을에 도착해 너른 주차장에 차를 세워두었다. 이제 느긋하게 풍광을 내려다보며 걸어가기만 하면 되는데 웬일인지 엄마가 자꾸 뒤에 처졌다. 빨리 오라고 손짓을 해도 뭔가 난처한 표정을 지을 뿐 계속 제자리걸음이다. 누구보다 건강한 분이라고 생각했는데 역시 관절이 약해지신 모양이었다. 어쩔 수 없이 나 혼자 후다닥 뛰어내려가서 남해와 어우러진 이국적인 집들을 사진에 담았다.

9월의 첫날 늦은 오후, 바람이 불어오자 이곳은 따뜻하기보다는 조금은 서늘하고 황량한 느낌이 되었다. 에게해 섬들은 일년 내내 여름일 거라고 오해했던 것처럼, 나는 남해도 일년 내내 따뜻하리라고 기대했었나보다. 이곳에도 가을과 겨울은 어김없이 찾아오고, 밤이면 기온이 떨어진다. 나는 내 목 뒤를 감싸는 서늘한 바람에 오히려 안도했다. 십자가 위의 죽음이 있었기에 부활의 기쁨이 큰 것처럼, 이젠 항상 좋은 것만 기대하기보다 반대의 것이 주는 긴장과 균형에 대해서도 마음을 열 수 있기를 바랐다. 머릿속으로 이해하는 것과 가슴으로 받아들이는 것이 일치하기는 아직 어렵겠지만 말이다. 남해를 바라보는 동안 내 마음도 한 뼘쯤 넓어진 듯했다.

이제 돌아가야겠다는 생각을 하고 있을 때, 그제야 저 멀리에서부터 천천히 걸어오는 엄마 모습이 보였다. 언제나 빠르고 씩씩한 걸음이던 엄마의 어깨와 다리에도 세월의 무게가 많이 내려앉아 있었다.

엄마는 어릴 적 내게 '여군 같다' '여간첩 같다' 며 나의 냉정한 성격을 놀리곤 했다. 그만큼 나는 막내딸이면서도 응석부리지 않고, 감정 표현도 자제하는 편이었다. 그랬던 내가 언젠가 엄마의 사랑을 주제로 한 연극을 본 후, 주체할 수 없을 만큼 엉엉 운 적이 있다. 극장 밖으로 나오면서도 나는 내내 고개를 들지 못했다. 같이 간 후배가 당황해서 말했다.

"언니, 무슨 일 있어? 엄마가 어디 아프셔?"

아무리 아닌 척 덮어두려 해도 끊임없이 돋아나는 엄마라는 존재에 대한 연민과 애증이 터져나온 순간이었다.

엄마의 삶은 나로 하여금 아무런 집착이나 미련 없는 삶을 꿈꾸게 만들었다. 내가 태어났을 때부터 함께였던 저 여성은 오직 자식들과 남편을 위하는 맹목의 의지로 옷 한 벌 사입는 법 없이 자기를 버린 채 살았다. 낭만과 자유를 그렇게 좋아했으면서도 줄곧 자식들에게 발목잡힌 인생이었다. 정작 자신이 받았던 깊은 마음의 상처들은 누구에게도 털어놓지 못한 채……. 이제 와서 신앙을 가진 이유조차 자식들의 행복을 성모상 앞에서, 십자고상 앞에서 빌기 위해서였다. 그런 노력에 대한 보답이 과연 있었을까. 여전히 계속 주기만 하는 삶이다. 자식이 같이 여행을 다녀주고, 운전을 해주는 일 따위는 아무것도 아니다. 저 불평등이 너무 명백해서 나는 엄마가 되고 싶지 않았다. 절대로 역전될 수 없는 불평등이니까. 내가 나를 잃어버리지 않고 살려면, 언제 세상을 떠나게 되더라도 마음이 무겁지 않으려면 피해가야만 했던 길이었다. 그렇게 자기를 잊고 살았던 엄마가 이제는 더욱 약한 모습이 되어 휘청거리며 저 멀리에서 걸어오고 있다. 저 모습을 어떻게 받아들여야 하나.

더 볼 수가 없어서 나는 애써 눈을 다시 먼 곳으로 돌렸다. 우리는 남해대교 옆의 어느 해물탕 집에서 침묵 속에 저녁식사를 해결한 후 서울을 향해 떠났다. 그런데 올라오는 길, 사건이 터졌다.

길을 나서자 이미 사방은 어두워져 있었다. 나는 준비해온 메모지만 믿고 있었는데 전혀 글씨가 보이지 않았다. 할 수 없이 엄마에게 메모지를 들고 읽어달라고 해보았지만 노안인 엄마에게는 글씨가 너무 작아 보이질 않았다. 하얀 돌을 주워모으던 똑똑한 헨젤이었다면, 어둠 속에서도 잘 보이게 야광펜으로 지명을 썼을 텐데. 이렇게 하나도 안 보일 줄은 상상도 못했다. 실내등을 켜는 것도 소용이 없었다.

결국 최초의 주요 거점인 '경상남도 사천' 방면으로 가는 길을 놓치고, 정반대인 '전라남도 순천'을 향해 가면서 사상 최악의 헤매기가 시작되었다. 처음엔 몰랐다. 사천과 순천, 비슷했으니까. 그런데 갑자기 표지판에 남원이라는 지명이 나타났다. 남원이 전라도 지명인 것은 상식으로 알고 있었다. 나는 경상남도 사천 방면으로 올라가야 했고 그러자면 남원은 절대로 나와서는 안 되었다. 갑자기 눈앞이 캄캄해지면서 가슴이 쿵쿵 뛰었다. 시간은 벌써 밤 9시를 넘어서고 있었다. 늦게 가기 싫어서 남해성당의 미사도 마다했는데 이 시간에 전혀 엉뚱한 곳을 헤매고 있다니! 결국 나는 엄마에게 고백했다.

"엄마, 큰일났어."

"왜?"

"길을 잘못 들었어. 여기 전라도야."

"뭐?"

표지판만 보며 낯선 전라도에서 서울을 찾아가기는 무리였다. 결국 나는 상대적으로 익숙한 경상도 쪽으로 되돌아가기로 결정했다. 구례와 하동을 지나며 무조건 경상도를 향해 달렸다. 어차피 길은 한 방향이니 이 길을 달리는 수밖에 없었다. 하지만 그 길에는 불빛도 건물도 없고, 양 옆으로 나무만 무성했다. 귀신이라도 나올 것처럼 오싹해지는 기분, 언제까지 가야 하는지 모를 막막함에 자꾸 온몸이 경직되어 갔다. 이러다간 우리 조상들이 '여우'라고 부르던 악마에게 홀려서 밤새도록 같은 곳을 헤매게 될지도 몰라. 아니, 이미 걸려든 것인지도 모르지. 아! 어떻게 해! 꼭 외부의 악마가 아니더라도 공포와 피로에 지치면 내가 어떤 착각을 하거나 실수를 할지 모르는 일이었다. 이젠 내 판단을 나 스스로도 믿을 수 없었다.

언젠가 TV에서 공황장애에 걸린 남자의 모습을 본 적이 있다. 아무 이유 없이 죽을 것 같은 공포를 느끼고, 혼자서는 집 밖에 나가지 못했다. 공포는 바깥 상황과 무관하게 인간의 내면에서 자라나는 게 분명했다. 사방이 컴컴한 터널 같은 길을 오직 내 오감만 믿고 달리는 동안, 공포는 점점 더 내 마음을 장악해갔다. 마치 기계처럼 두 손을 핸들에 올려놓은 채 어쩔 줄 모르며 앞만 보고 달리던 내게, 문득 엄마가 물었다.

"오늘 너 좋은 꿈꿨다더니, 무슨 꿈이었어?"

"누가 지갑과 시계를 선물해주는 꿈이었는데……."

말을 하고보니 울화통이 터졌다. 돈과 시간을 벌어주는 꿈이 아니라 오히려 그 반대가 아닌가. 기름값도, 시간도 몇 배로 낭비하고 있었으니 말이다. 아름다운 성당을 찾아다닌다면서, 교회로 돌아왔다면서 그런 세속적인 꿈에 마음을 뺏기고 있던 내게 하느님이 주시는 가르침이었을까. 중요한 것은 그런 게 아니라고, 그렇게 욕심을 낼수록 잃어버리는 게 많아지는 법이라고. 돈과 시간은 좀 낭비했는지 몰라도, 어쩌면 나는 지금 아주 중요한 것을 배우는 중인지도 몰랐다. 그때 엄마가 차분한 목소리로 말했다.

"걱정하지 마. 침착하기만 하면 길을 찾을 수 있어. 좀 늦으면 어때? 정 힘들면 쉬엄쉬엄 가면 돼."

차도 오래 타고, 많이 걸어 무척 피곤했을 엄마. 그래서 운전하는 내내 생각했다. 차라리 혼자라면 마음 편했을 거라고, 엄마가 옆에 있어서 더 부담스럽고 미안하고 힘들다고. 그런데 엄마가 그런 말을 해주자 신기하게도 양팔과 두 다리, 그리고 두 눈에 터질 듯 들어가 있던 긴장이 스르르 빠졌다. 나를 진정으로 사랑하고 믿어주는 이의 말에는 힘이 있었다. 엄마는 이 어이없는 순간에조차 나를 의심하지 않았다.

그리고 그 여성화가의 이야기가 떠올랐다. 밖에서부터 오는 사랑이 아니면 인간은 따뜻해질 수 없다는, 차가운 마음과 몸을 녹여줄 수 있는 건 밖에서 오는 사랑뿐이라는 그 이야기가.

나는 언제나 혼자인 것을 좋아하고, 혼자서도 잘 살 수 있다고 믿어왔다. 절대로 남에게 의존하거나 힘을 빌리고 싶지 않았다. 그것은 사실 두려움의 표현이었다. 기대도 될까. 그랬다가 상대가 부담스러워하는 것은 아닐까. 상대에게 거부당하느니 그냥 혼자 해내고 차라리 세상으로부터 내 독립성과 용기를 칭찬받자! 그리고 무엇보다 자기 자신을 사랑하는 일이 가장 중요한 것이라고 생각했다. 최근 들어서는 더욱 '자존감'을 북돋우거나 '자기 자신을 긍정하고 사랑하자'는 것이 운동처럼 번지고 있지 않은가.

하지만 이 순간 깨달았다. 자신을 사랑하고 격려하는 일은 나를 단단하게 만들지만, 이렇게 밖에서 주어지는 사랑은 나를 부드럽게 만든다는 것을. 사람은 단단해져야 할 때도 있지만, 부드러워져야 할 때도 있다. 무슨 수련이나 고행을 하듯, 모든 짐을 홀로 지고 스스로 격려하며 살아가는 일은 세상과 나 사이에 점점 높은 담을 쌓을 뿐이었다.

낯설고 캄캄한 길 위에서 늙고, 힘 없고, 운전을 대신 해줄 수도 없는 엄마와 단 둘뿐이었지만, 더 이상 무서운 것도 걱정스러운 것도 없었다. 엄마 말대로 침착하게 가면 길을 찾을 것이었고, 정 힘들면 쉬어 가면 되는 것이었다. 외관상의 약함과는 별개로 여전히 엄마는 자식 앞에서 한없이 강했다. 엄마는 이렇게 덧붙였다.

"좋은 꿈도 꿨는데, 나쁜 일 있겠어? 그리고 성당 보러 온 우리한테 하느님이 설마 뒤통수치시겠니?"

마침내 나는 길을 찾아냈다. 그리고 무사히 서울에 도착했다. 엄마를 고이 집에 모셔다드리고 돌아오니 새벽 3시. 남해성당에서 미사를 마치고 돌아왔을 시각인 새벽 2시보다 한 시간을 더 내준 셈이었지만, 인생이 어디 계획대로 덧셈 뺄셈이 되는 것이던가. 집에 돌아올 걱정을 하는 대신 아름다운 남해성당에서 미사를 드리면 좋겠다던 내 바람에 따르는 편이 더 나을 수도 있었음을 하느님은 보여주신 것이다. 인생에는 지름길이 없다는 것도.

내 예상과 계획이 다 무산된 데서 나는 오히려 삶의 조화와 신비를 느꼈다. 가슴이 후련했다. 아, 내 소관이 아니구나! 내가 다 책임질 필요는 없는 것이구나! 역시 내가 잡을 수 있는 것은 자동차 핸들뿐, 내 인생의 핸들은 하느님이 조종하고 계심을 나는 깨달았다.

진리에 대한 개방, 그 결과가 무엇이든 그것이 자신을 어디로 인도하든 상관하지 않는, 자신이 어디로 인도되고 있는지도 모른 채 마음을 여는 것, 그것이 신앙입니다.

| 앤소니 드 멜로, 《깨어나십시오》 |

주소	경남 남해군 남해읍 아산리 381
전화번호	055-864-5773
홈페이지	http://cafe.daum.net/namhaecc
교통	경부고속도로 → 대전·천안 방면 → 대전통영고속도로에서 무주·판암 방면으로 우측방향 → 남해고속도로 순천·사천 방면으로 우측방향 → 경충로 남해·서포 방면으로 좌회전 → 구노량길 좌측방향 → 하동포구대로 힐튼남해골프&스파리조트·남해·경남도립남해대학 방면으로 좌회전 → 망운로 10번 길 우회전 → 좌회전 → 우회전.
여행정보	아름다운 남해에서는 보고 즐길 것이 너무 많아 일일이 언급하기 어려우니, 남해군 홈페이지(http://tour.namhae.co.kr)를 참조하는 편이 더 좋다.

합덕성당 14

도대체 언제쯤이 내 성당 기행의 종착점일까, 하는 조바심에 글을 쓰면서도 마음속 방황은 여전했었다. 끝이 없는 것 같아 막막하기도 했다. 하지만 마침내 나는 저절로 알게 되었다. 마음에 평화가 머무는 순간, 이제 되었다는 생각이 나를 찾아왔다.

#1. 두려움에 도전하다

존경하고 좋아했던 어느 작가가 종교에 귀의하여, 전혀 다른 스타일의 글을 쓰는 것을 보고 실망한 적이 있었다. 그분의 창의력과 명민함을 종교라는 색채가 싹 거둬간 것만 같아서였다. 무슨 일이 일어나든 종교 교리에서 답을 찾아버리는 것은 너무 단순하고 무책임한 태도 아닌가, 스스로 창조주가 되어 새로운 진리를 찾아내는 것이 작가의 의무가 아닌가, 나는 생각했었다.

진리는 어딘가 깊숙한 곳에 꽁꽁 숨겨져 있어서 그것을 찾아내려면 긴 시간 고행을 하거나 명상을 하거나 엄청나게 많은 공부를 해야만 하는 줄 알았던 것이다. 하지만 에드거 앨런 포의 단편소설 〈도둑맞은 편지〉에서처럼, 모두가 볼 수 있는 곳에 진리는 떡 하니 놓여 있었다.

어린시절… 행복해지려면 이렇게 하라고 누가 가르쳐주지 않았어도 왠지 좋은 짝꿍에게 말을 걸고, 같이 밥을 먹고, 같이 놀이터에서 놀다가 내일 또 만날 것을 약속하며 헤어져 집에 오면 마냥 행복하지 않았던가. 100년, 200년 반복된다 해도 하나도 나쁠 것 없는 삶……

그런 것이었다. 서로 사랑하며 마음 편하게 살기. 사람이 가장 좋아하고 항상 원하는 것은 그런 따뜻함과 친절과 우정, 한마디로 사랑인 것이다. 크게 머리를 쓰지 않아도 되고, 복잡하게 과정을 연구할 필요도 없다. 사람을 사랑하고, 내가 하는 일을 사랑하고, 지금 이 순간에 그 모든 사랑을 충분히 느끼는 것! 굳이 이 공간에서 다른 공간을 꿈꿀 필요 없이 자기의 소유물 대신 자신의 존재 자체에 만족하는 것! 그것을 알게 된 그 작가는 진리를 알려준 종교를 통해, 겸허하고 또 과감하게 자신의 문학세계를 바꿀 수 있었으리라. 그것이 가장 명확한 진리였으니까.

아주 먼 거리를 돌아왔지만, 이 단순한 진리를 터득한 나는 그 어느 때보다 마음이 평화로웠다. 그리고 우연히 이 영화를 보게 되었다.

짐 캐리 주연의 〈예스맨Yes Man〉! 대출회사의 상담 직원인 주인공은 항상 'No'라는 말을 입에 달고 사는 부정적인 남자였다. 하지만 어떤 인생강의를 들으면서 앞으로 무조건 모든 일에 '예스'라고 대답하기로 결심한다. 대출상담을 온 모든 고객에게 "예, 해드리겠습니다."라고 말하는 것은 물론 '뭐든지 할 수 있다'는 마음으로 온갖 새로운 일에 도전한다. 그중 압권은 한국어를 배우고, 서툰 발음으로 한국어를 실전에 써먹는 장면이었다. 어쨌거나 매순간 '예스'라고 대답한 결과 주인공의 인생은 완전히 새로운 것으로 바뀌어갔다.

영화를 본 바로 다음날이었다. 미사에 갔다가 나는 전례단에 들어오라는 제안을 받았다. 전례단이란 미사 중 해설이나 독서를 하는 분들의 모임이다. 교회나 성당의 단체에서 활동해본 적 없고 그럴 의지도 없던 나였으므로 당연히 첫마디에서 '아니에요! 죄송합니다!' 하고 도 망갔어야 했다. 1초 만에 스팸메일 지워버리듯, 5초 안에 광고전화 끊 어버리듯.

무엇보다도 앞에 나가서 말을 하는 건 내가 가장 두려워하는 일이었 다. 잘하는 일로 봉사를 하려고 했다면 나는 간행물을 만드는 편찬분 과 같은 곳으로 가는 게 옳았다. 그런데 영화 속 짐 캐리의 얼굴이 둥 실 떠오르더니 내게 말을 걸었다. "어때? 예스라고 해봐! 많은 것이 달 라질 거야!" 영화 속 그의 삶은 참으로 역동적이고 재미있어 보이지 않았던가. 찰나의 순간이었지만, 나는 이 상황이 아주 중요한 갈림길 임을 간파했다. 내가 노라고 대답하면 예전 그대로 살게 되고, 예스라 고 하면 전혀 새로운 삶으로 뛰어들게 된다.

내가 못하는 일, 어려워하는 일, 두려워하는 일일수록 그것을 극복 해낸 기쁨은 클 것이다. 삶의 기적을 다시 확인할 수 있는 기회였다. 나는 그토록 무서워하던 수영과 여행에 도전하여 극복했던 기억을 떠 올렸다.

> 신은 겁쟁이를 통해서는 결코 아무런 일도 하지 않는다.
>
> | 랄프 왈도 에머슨 |

두려움이란 마음속의 어떤 그늘과도 같다. 따뜻한 볕이 비춰진다면 그늘은 저절로 사라지리라. 결국 나는 '예스'를 선택했다. 〈예스맨〉을 본 후 처음 들은 얘기가 '도에 관심 있으세요?' 나 '보험에 들지 않으시렵니까?' 가 아니었다는 게 천만다행이었다. 그리하여 나는 단순히 미사에 참여하던 신자에서 전례단의 일원이 되었다. 특히 미사 전례 중 독서를 맡게 되면 그날의 성경구절을 하루에도 수십 번 읽으면서 내용을 숙지해야 하는 의무가 있는데, 이것은 성경을 읽어야만 하는 여러 가지 이유를 갖고 있던 내게는 또 의미심장한 일이었다. N선생님! 저 성경을 읽고 있어요. 심지어 제대 위에 올라가서 말입니다!

전례단 활동을 하면서 시간은 더욱 빨리 흘러갔고 선배들로부터 가톨릭 교리며 교회 돌아가는 이야기도 많이 들을 수 있었다. 실제의 나와 분리되어 있던 가톨릭 신자로서의 삶도 어느 정도 내게 체화되는 듯했다. 하지만 나는 걸음마 신자에 불과했다. 여전히 고해성사는 가장 하기 싫은 일이었고, 어떤 것도 쉽거나 단순하지 않았다. 알면 알수록 예수님은 은유와 상징과 비유를 지독히 좋아하는 분이었다. 절대로 재미없게 바로 모습을 드러내지는 않으려고 하시는 것 같았다. 교회에서 일어나는 일들을 현미경으로 들여다보면서 내가 부정적인 감정에 흔들릴 때조차, 그분은 쉬운 답을 내어주지 않으셨다. 그리고 마침내 내 신앙의 기반을 흔드는 큰 고비가 왔다.

사순절예수 부활을 준비하기 위하여 40일 동안 통회와 보속 그리고 희생으로 재를 지키는 기간 이 시작된 시기여서, 신자들은 미사 후 해설자의 안내에 따라 십자가의 길 기도를 의무적으로 바쳐야 했다. 나도 처음으로 이 십자가의 길

기도에 참여하였다. 성당 안쪽 벽에 붙어 있는 14개 처의 부조를 하나하나 응시하며 '예수님이 사형선고를 받으신 것에서부터 십자가 위에서 돌아가시고 무덤에 묻히시기까지'의 과정을 묵상하는 기도였다. 예수님께서 사형선고 받으심을 묵상합시다, 예수님께서 십자가 지심을 묵상합시다, 예수님께서 기력이 떨어져 넘어지심을 묵상합시다…….
그렇게 기도는 이어져갔다. 그런데 제11처에 이르렀을 때였다. "예수님을 십자가에 못박음을 묵상합시다."라는 기도문을 들었을 때, 갑자기 소름이 확 끼쳤다.

얼마나 미우면 사람이 사람을 십자가에 못박을 수 있을까. 그것도 예수님처럼 아무 죄 없는 사람을! 그런데 이것은 2,000년 전에만 벌어진 일이 아니다! 그 후로도 계속 있었고, 어쩌면 지금 이 순간에도 자행되는 일이며, 이 자리에 있는 우리들조차 태연히 저지르고 있는 일이라는 생각이 들었던 것이다. 그렇게 생각하자 뻔뻔하게 기도문을 읊조리는 내가 싫었고, 육신이 고깃덩어리처럼 매달려 있는 모습을 앞에 두고 반성하는 척 가슴 아파하는 척하는 주변의 사람들도 무서워졌다.

십자고상! 저 모습이 과연 아름다운가! 우리는 저 모습을 보면서 도대체 무슨 생각을 하고 있나. 저렇게 잔인한 광경을 태연히 바라보는 우리, 다 미친 거 아닌가! 가톨릭 교리의 기본은 사랑이라면서 어떻게 이럴 수가 있는가. 저기 매달린 대상이 예수님이 아니고 우리 아버지나 어머니라면, 이 상황을 제정신으로 견딜 수 있을까.

그 전까지는 성당 안의 성물방 유리 앞에 딱 붙어서 이런저런 십자

야간 조명과 함께 신비로운 빛에 휩싸인 합덕성당의 성모상. 충남지역 천주교의 중심지인 내포 지방에 1929년 설립된 합덕성당이 간직한 역사와 비밀이 어둠 속에 살짝 모습을 드러내는 것만 같다.

고상을 바라보며 '아, 예쁘다' 감탄하던 나였지만 이젠 그렇게 보이질 않았다. 십자고상은 인간의 질투와 증오를 구체화시킨 것이다. 인간이 저렇게까지 잔인할 수 있는 존재임을 증명하는 표상이다. 인간은 하나도 아름답지 않고 추악하다! 저렇게 보석 같은 사람조차 잔인하게 죽여버릴 수 있는 우리는 에고의 노예들이다. 너를 죽여야 내가 산다고 믿는 무서운……. 이런 사람들을 사랑하라고? 어떻게!

내 마음은 차갑게 굳어버렸다. 전례단과 성가대의 합동 피정을 불과 이틀 앞둔 때였다. 피정 장소는 충남 합덕성당이라고 했다.

2월의 마지막 주일 오후, 대형버스는 충남 당진에 있는 합덕성당을 향해 달렸다. 내가 운전해서 가는 것이 아니니 헤맬 필요도, 어깨가 아플 이유도 없었다. 그러나 '피정'이라는 것을 해본 적 없던 나는 이것이 MT와 어떻게 다른지 막막하기만 했다. 무지했기에 상상하거나 예측할 수 없었고 또 무지했기에 설레거나 기대되는 것도 없었다. 그저 의무적으로 이 시간을 때워야 한다는 생각뿐이었다. 많은 사람들이 모일 때면 필연적으로 발생할 어떤 잡음, 의견충돌에 대한 우려도 없지 않았다. 그런 상황에서 나는 내가 바라는 대로 완벽하게 관찰자의 시선을 유지할 수 있을까, 참지 못하고 감정에 휘둘리게 되는 것은 아닌가 두렵기도 했다. 내가 십자고상을 보며 느낀 엄청난 비의가 여전히 마음 한 구석을 무겁게 짓누르고 있었기 때문이었을 것이다.

버스가 합덕성당 앞 주차장에 도착하자, 연필을 양쪽에 꽂아놓은 듯한 쌍탑과 함께 합덕성당의 전경이 보였다. 구름이 잔뜩 내려앉은 날씨여서 예전에 사진에서 보았던 만큼 아름답지는 않았다. 그러나 성당 옆에 죽 늘어선 선종한 사제들의 묘비와 7대 주임신부였던 페랭 신부님의 순교기념비를 보자 남다른 경건함이 느껴졌다. 1929년, 그러니까 약 80년 전에 지어진 이 성당은 그만큼의 역사와 사연을 품고 있었다. 성당 바로 옆에 새로 지은 유스호스텔이 우리의 피정이 이루어질 공간이었다.

각자 이름표를 달고, 낯선 사람들이 서로 친해질 수 있는 게임을 하는 등 일반적인 MT와 그다지 다르지 않은 시간이 지난 후에 진정한 의미의 피정이 시작되었다. 이 피정을 주관한, 본당에 새로 부임하신 보좌신부님은 말씀하셨다.

"이제부터 모두 침묵을 지켜주시기 바랍니다. 그리고 각자 밖으로 나가 묵주기도를 하신 후, 이곳으로 돌아온 뒤엔 이콘(성화) 앞에서 성경을 읽으며 묵상을 하여주십시오."

묵주를 손에 쥐고, 찬바람 부는 2월의 밤으로 사람들은 걸어나갔다. 침묵을 지켜야 했으므로 어느 코스를 어떻게 걷든 내 마음대로였다. 나는 너무 어두워서 아무도 오지 않을 듯한 장소로 걸어갔다. 손에 쥔 묵주 하나에 의지한 채.

'은총이 가득하신 마리아여'로 시작되는 성모송과 주님의 기도가 반복되는 이 묵주기도는 예수님의 일생 전체를 담은 관상기도로서 가톨릭에서 무척 중시된다. 마음을 진정시키고 무념무상으로 향하게 하기 때문인지 꾸준하게 바치는 묵주기도는 영혼의 빛을 바꾸어놓는 강력한 힘이 있다고도 한다. 하지만 이 기도를 바치는 데에는 짧지 않은 시간이 걸린다. 일상적인 일에 매달려 살다보면 하루에 한 번은커녕 일주일에 한 번, 아니 한 달에 한 번 바치기도 어려웠다. 솔직히 나는 성당으로 돌아온 이후 단 한 번도 이 기도를 바친 적이 없었다. 좋은 것을 아는 일과 그것을 실천하는 일은 전혀 별개의 문제이다. 그래서였을까. 과제처럼 주어진 이 기도의 순간이 너무 고마웠다. 내 영혼에 좋은 보약이라도 먹여주는 듯한 그 시간, 은은한 불빛이 감싸고 있는 성모상과 합덕성당의 밤풍경도 아름다웠다. 전동성당과 감곡성당도 그랬듯, 밤의 성당이 주는 아름다움은 낮 풍경과 비교할 수가 없다.

묵주기도 후 다시 렘브란트의 〈돌아온 탕자〉 그림이 걸려 있는 지하 강당으로 돌아갔다. 환한 불빛이 가득했던 그 공간에는 이제 은은히 울려퍼지는 그레고리안 성가와 함께 어둠 속 촛불만 보였다. 촛불 앞에는 이콘이 놓여 있고, 또 그 앞에는 대여섯 개의 의자가 빙 둘러서 있다. 여러 개 중 마음에 끌리는 이콘 앞으로 가서 앉아 미리 일러준 성경 구절을 읽으며 묵상하는 것이 두 번째 과제였다. 내가 다가가 앉은 이콘은 꼭 예수님인지는 확실하지 않지만, 뭔가 심각한 표정의 남자 모습이었다. 그 앞에 앉으면서도 나는 '왜 하필 이렇게 심각하고 우울한 모습일까, 좀더 밝고 환한 모습을 선택하는 게 좋지 않았을까' 하고 후회했다. 그렇다고 나를 속여가며 억지로 다른 이콘 앞으로 옮겨가고 싶지는 않았다. 내 영혼은 여기 앉으라고 말했던 것이다, 분명히.

촛불을 조명 삼아 나는 성경을 펼쳐 읽기 시작했다. 광야에서 유혹을 받으시던 예수님의 이야기였다. 환한 불빛이 아닌 아른아른한 촛불을 조명 삼아 성경을 읽노라니 좀더 내용에 몰입되었다. 성경을 읽으며 나는 노트에 이런 글을 적었다.

> 내 안에 단호함이 있다면,
> 내 안에 강인함이 있다면,
> 내 안에 남성성이 있다면,
> 그것은 모두 당신의 모습일 것입니다…….

악마의 집요한 유혹에도 끄떡하지 않는 예수님의 모습을 보며, 그의 모습을 닮고 싶다는 간절함이 솟구쳤다. 그리고 또……. 이유 없이 흘러나오는 눈물! 제발 눈물이 나올 때에는 '나 눈물은 이러저러한 이유와 근거로 나오는 중이며 앞으로 10분 내에 그칠 것입니다.' 하는 예고가 있으면 좋으련만. 나는 왜 우는지도 모르면서 계속 콧물과 눈물을 훌쩍였다. 결국 조용히 묵상하는 사람들에게 '훌쩍훌쩍' 하는 민폐를 더 끼칠 수 없어 밖으로 나왔다.

그때에 예수님께서는 성령의 인도로 광야에 나가시어, 악마에게 유혹을 받으셨다. 그분께서는 사십일을 밤낮으로 단식하신 뒤라 시장하셨다. 그런데 유혹자가 그분께 다가와 "당신이 하느님의 아들이라면 이 돌들에게 빵이 되라고 해보시오." 하고 말하였다. 예수님께서 대답하셨다. "성경에 기록되어 있다. '사람은 빵만으로 살지 않고, 하느님의 입에서 나오는 모든 말씀으로 산다.'"

| 마태오 복음 4:1~4 |

건너편 식당에서는 신부님께서 고해성사를 봐주고 계시다고 했다. 휴, 여기 와서까지 고해성사라니. 나는 고개를 절레절레 흔들었다. 그냥 맘 편하게 컵라면이나 먹으며 시간을 보낼 생각이었다. 그런데 자꾸 고해성사를 하러 어두운 식당 안으로 들어서는 사람들에게로 눈이 갔다. 컵라면에 물을 붓고, 3분을 기다리고, 라면가락을 입으로 가져가면서도 나는 어두운 식당으로 들어가는 사람들을 내내 지켜보았다.

　실은 아까부터 내 마음을 불편하게 하는 것이 있었다. 오늘 처음 이름을 알게 된 성가대 사람들 중 낯익은 이름을 하나 발견했던 것이다. 단순히 동명이인이긴 했지만, 잊고 싶은 그 이름을 왜 굳이 여기에서 봐야만 했을까. 내 자존심에 깊은 상처를 준 그 사람에 대한 미움은 몇 년 째 내 안에 고여 있었다. 그 이름을 다시 보았을 때 덮여 있던 상처가 들쑤셔진 듯 마음 한쪽이 욱신거렸다. 하지만 그 상처를 인정하고 자세히 들여다보는 순간, 내가 무엇을 해아 하는지는 너무나 명백했다. 용서! 분명히 사람 좋은 저 신부님은 내게 용서하라고 말씀하실 것이다! 하지만 싫어! 나는 도리질을 했다. 그 상처가 아직도 이렇게 나를 들쑤시는데 용서라니! 그게 가당키나 한가.

　그런데 갑자기 이런 생각이 들었다. 이틀 전 내가 십자가의 길 기도를 하면서 그토록 소름끼쳤던 것은 내가 미워하고 증오하여 스스로 십자가에 못박았던 수많은 사람들이 떠올랐기 때문이라고. 다른 사람이 아니라, 바로 내가 그들을 십자가에 못박았다! 심지어 그토록 존경한다던 N선생님조차 한때 오해하여 미워한 적이 있지 않았던가. '저 자를 없애버려라! 십자가에 못박아라!'라고 외쳤던 2,000년 전의 그 사람들을 욕할 게 아니었다. 나도 그 사람이 이 세상에서 없어져버렸으면, 불행해졌으면 하고 바라지 않았던가. 그 사람이 예수님처럼 결박당해 끌려왔다면 나도 틀림없이 외쳤을 것이다. '죽여라!' 고작 내 자존심을 건드린 죄로, 무심하고 둔해서 남의 고통을 알아채지 못했다는 죄로.

십자고상에서 더이상 사랑과 순명 같은 고상한 가치는 보이지 않았다. 내 십자고상에는 예수님이 아니라 몇 년 전 내게 상처준 사람이 매달려 있는 것이다. 내 가슴에 고인 이 미움을 해결하지 않고서는 도저히 십자고상을 마음 편하게 바라볼 수 없을 터였다. 결국 나는 컵라면 용기를 버린 뒤, 입을 닦았다. 그리고 내 차례의 고해성사를 기다렸다.

하얀 식당 벽 앞에는 촛불이 어른거리고 신부님의 등이 보였다. 가톨릭에서는 고해소에 앉아 신자의 이야기를 듣고 죄를 사해주시는 분은 인간인 신부가 아니라, 예수님이라는 믿음이 있다. 하지만 나는 항상 그것을 믿지 못했다. 언제나 인간, 누구누구 신부님으로만 보였다. 내 약점을 이야기하면 그것을 기억했다가 '너, 그런 짓 했었지?' 하고 의심의 눈으로 나를 쳐다볼 그런 분으로 말이다. 그런데 그 낯선 공간에 들어서는 순간, 이곳에 예수님이 앉아 계신다는 느낌이 들었다.

나의 모든 것을 한눈에 꿰뚫어보고, 다 이해해주고, 받아주실 것을 기대했던 바로 그 예수님! 언젠가 회사 일로 법정에서 나를 공격하는 사람들에 둘러싸여 있을 때, 한마디도 입을 뗄 수가 없어서 억울한 눈빛으로 사방을 둘러보았을 때 간절히 찾았던 단 한 사람! 이렇게 만나게 될 줄은 정말 몰랐는데, 바로 이 자리에 예수님이 내려와계셨다.

나는 처음으로 내 안의 모든 것을 털어놓을 수 있었다. 그리고 깨달았다. 나는 그 사람을 용서할 수 없다고 했지만, 정작 용서받아야 할 사람은 사소한 일로도 사람을 용서하지 못하는 나였다. 내 안 가득 미움을 안고 살면서 스스로를 못살게굴고 주변 사람들을 괴롭혔던 나. 십자고상의 예수님은 그 사실을 내게 알려주셨다. 그리고 이렇게 말씀하셨다.

너도 그동안 마음이 불편했지? 이제는 놓아버리라고 오늘 네가 이 자리까지 오게 된 것이고, 그 잊을 수 없는 이름과 조우하게 된 거란다. 상처 입은 너에게 용서를 강요하지 않으마. 다만, 그 사람을 위해 한 번쯤 기도해주는 것은 어떨까. 그 다음 일은 내가 해결할테니. 이제 그 사람을 십자가 위에서 내려놓으렴. 그리고 편안해지렴. 십자가 위엔 다시 내가 있으마.

이 무한한 신뢰 앞에 나는 천천히 고개를 끄덕였다. 당신의 뜻에 따르겠노라고. 이제 그럴 수 있겠노라고.

아침에는 비가 내렸다. 아침식사를 하는둥 마는둥 한 채 나는 혼자 커피를 들고 현관 밖으로 나갔다. 비가 들이쳤고, 쌀쌀한 바람이 옷깃을 파고들었다. 추웠지만 소름돋는 불쾌감과는 거리가 먼, 몸도 마음도 맑게 하는 청량함이었다.

아침 미사는 합덕성당 안에서 이루어졌다. 신을 벗고 들어선 합덕성당에서는 오래된 성당 특유의 아늑함과 포근함이 느껴졌다. 공세리성당을 설계했던 드비즈 신부가 설계한 곳으로, 제2차 바티칸공의회 이전, 사제가 벽 쪽을 바라보고 미사를 집전하던 형태의 제대 양식을 보여준다. 성전 내부는 단아하고 아름다웠다. 제대 위의 둥근 천정 벽 위에는 '사람이 만일 보천하를 다 얻을지라도 제 영혼에 해를 받으면 무엇이 유익하리오.'라는 글이 씌어 있었다. 〈마태오 복음〉 16장 26절의 옛 성경 문구였다.

미사는 '공동체 미사' 형식으로 진행되었다. 공동체 미사는 성찬의 전례부터 모든 신자가 사제와 함께 제대 위에 올라가서 함께 성체 변화의 신비를 지켜보고, 또한 적극적인(?) 자세로 '평화의 인사'를 나누는 형식의 미사이다. 원래 평화의 인사는 주변 사람들과 가볍게 눈을 맞추고 고개를 숙이며 '평화를 빕니다'라고 인사말을 건네는 정도다. 그런데 악수를 하거나 끌어안거나, 심지어 그 이상(?)도 가능하다니!

합덕성당의 성전. 우측에는 성 김대건 안드레아, 메스트르 신부, 성 엘베르 라우첸시오, 성 모방 나 베드로의 유해가 모셔져 있다.

이런 식으로 평화의 인사를 하면 굉장히 쑥스럽거나 분위기가 우스워 지는 것은 아닐지 나는 걱정스러웠다.

마침내 제대 위에 40여 명의 사람들이 모두 둥그렇게 원을 이루고 선 채, 평화의 인사가 시작되었다. 2개의 원을 만들어 빙 돌아가면서 모든 사람과 악수하거나 포옹하거나 하며 마음을 담아 평화를 빌어주 는 인사를 했다. 그런데 이상했다. 인사를 나누면 나눌수록, 가슴 속에 서 뭔가가 뜨거워지는 느낌이었다. 대충 악수로만 끝낼 줄 알았는데 많은 분들이 "사랑해."라고 말하며 나를 꼭 안아주셨던 것이다. 그렇

모든 성전의 입구에는 성수가 담긴 성수대가 놓인다. 성수를 찍어 성호를 그으며 '주님, 이 성수로써 제 죄를 씻어 없애시고 마귀를 쫓아 몰아내시고 악한 생각을 없이 하소서.' 라고 기도하는 가운데 신자는 삶을 돌아보고 새로운 각오를 다짐하게 된다. 처음과 같이, 지금과 같이, 그리고 내일도 오늘과 같이 내 안에 평화가 오래도록 머물기를.

게 한 바퀴를 돌고 났을 때, 문득 옆을 돌아보니 언제나 얌전하고 의젓했던 분과 또 언제나 밝고 강했던 분이 벅찬 감동을 억제하지 못해 눈물을 흘리고 있었다. 아, 이 뜨거움은 나만 느낀 것이 아니었다. 우스꽝스럽기는커녕 아주 감동적이고 신비한 체험이었다.

'도대체 왜 젊고 아름다운 청년들이 그 제약 많고 부자유스러운 성직자가 되는 걸까?' 라던 내 의문도 이 순간 풀렸다. 이 모든 일을 주관하고 이끌어가는 사제의 역할은 단순한 종교지도자가 아니라, 인간의 영혼을 치유하는 의사이자 예술가이자 교사라는 사실을 깨달은 것이다. 정말 영광되고 아름답고 고귀한 일이었다. 이 순간, 많은 사람들의 아픔이 치유되었고 또 진정한 사랑을 배웠을 것을 나는 의심치 않는다.

합덕성당으로 내 인생 최초의 피정을 다녀온 이후로도 나는 바빴다. 여전히 십자가 위에 사람들을 올려보내느라. 나의 기대치에 맞지 않는 사람들, 내게 불친절한 사람들, 나를 인정해주지 않는 사람들을 나는 부지런히 십자가 위로 올려보냈다. 그때마다 예수님은 또 어떤 일이든 만들어서 그와 나를 화해시키고 또 부지런히 십자가 위에서 내려보내셨다.

사순절의 위기를 무사히 넘기고 나는 드디어 가톨릭 최고의 축일인 부활절을 맞이하였다. 작년 수류성당에서는 이방인처럼 겉돌며 지켜보던 그 부활의식에도 직접 참여할 수 있었다. 그리고 부활절 다음 주일, 견진성사를 받으면서 나는 비로소 신앙의 어른으로 거듭났다.

도대체 언제쯤이 내 성당 기행의 종착점일까, 하는 조바심에 글을 쓰면서도 마음속 방황은 여전했었다. 끝이 없는 것 같아 막막하기도 했다. 하지만 마침내 나는 저절로 알게 되었다. 마음에 평화가 머무는 순간, 이제 되었다는 생각이 나를 찾아왔다.

주소	충남 당진군 합덕읍 합덕리 275
전화번호	041-363-1061
홈페이지	없음.
교통	서해안고속도로 → 목포 · 판교 방면으로 우측방향 → 예산 · 합덕 방면으로 우측방향 → 예산 · 삽교호 방면으로 좌측방향 → 반촌교차로에서 예산 · 삽교호 방면으로 우측방향 → 거산2교차로에서 예산 · 합덕 방면으로 우측방향 → 지하차도 → 합덕교차로에서 우측, 다시 합덕 방면으로 좌회전 → 합도초교 사거리에서 아산 · 예산 방면으로 우측 → 아산 · 예산 방면으로 좌회전.
여행정보	김대건 신부 생가 터가 있는 솔뫼성지(www.solmoe.or.kr), 32기의 무명 순교자의 묘가 있는 신리성지(www.sinri.or.kr)가 가까이에 있다.

#1. 우리 본당 이야기

같은 공간, 같은 시간에 있더라도 다른 생각에 빠져 다른 곳을 보는 사람들의 영혼은 결코 서로 만날 수 없다. 행복한 사람의 눈에는 행복한 사람이 보이고, 우울한 사람의 눈에는 우울한 사람이 보인다. 비슷한 파장이어야 인간은 서로 감응한다.

그래서 오랜만에 신자로 돌아와 처음 본당에서 만난 오세만 바오로 주임신부님의 눈에서 친숙한 무엇인가를 발견했을 때, 나는 놀라지 않을 수 없었다. 마치 거울을 들여다본 느낌. 뭔지 몰라도 나와 비슷한 상황이라는 느낌. 왜 내가 처음 본 신부님에게서 그런 것을 느꼈는지, 그때는 의아하기만 했다. 시간이 어느 정도 지난 후에야 알았다. '나는 이곳이 아직 익숙하지 않고 낯설다'라는 의미였다. 신부님도 이 본당에 부임하신 지 석 달이 채 안 되셨던 것이다.

나는 내 안의 '익숙하지 않아 불편하고 어색한 느낌'을 없애기 위해 매일 미사에 참여했다. 기억 저편에 가라앉아 있던 기도문을 끄집어내고, 어떤 것은 새로 외웠다. 틈나는 대로 성당 주변도 찬찬히 둘러보았다. 마치 성당 기행이라도 온 듯. 오며가며 떨어진 종이컵을 줍고, 휴지도 치웠다. 아무리 먼 바닷가 성당에 갈 자유가 내게 있다고 해도 내 이름과 주소가 소속된 곳은 이 본당이니까, 매일이라도 올 수 있는 곳은 여기였으니까, 이곳을 사랑하고 아끼는 일이 더 중요했다.

그러는 동안 주임신부님의 눈에서도 '어리둥절한 듯, 낯설어하던' 눈빛이 점점 사라져갔다. 내 마음의 거울 같은 신부님을 지켜보며, 나도 서서히 이곳에 익숙해졌다. 다만 내내 사라지지 않는 아쉬움이 있었다.

어떻게 사진을 찍어도 아름답기만 하던 성당들, 내가 지금껏 만나왔던 '미스코리아' 같은 성당들 때문에 내 눈이 너무 높아져 있었던 것이다! 푸른 나무들과 산으로 둘러싸인, 선명한 빨간색 벽돌건물에 비하면 도심 한 귀퉁이의 이 건물은 멋없이 덩치만 컸다. 특히 성당 주변 풍경은 매력적이지 못했다. 높이가 제멋대로인 다른 건물들에 가려져 있어 집중하여 보지 않으면 성당을 쉽게 찾을 수도 없었다. 무심코 가방에 카메라를 넣어온 날에도 나는 카메라를 꺼내지 못했다. 온갖 화려한 색으로 계절 변화를 확연히 보여주던 풍수원성당, 나바위성당, 감곡성당 등의 아름다움과는 정말 달랐으니까.

그런데 어느 날엔가 미사 중 내 등을 만지는 손길에 깜짝 놀라 돌아보니 뒤에 앉아 있던 아주머니께서 구겨진 내 옷자락을 펴주고 계셨다. 성가책이 없어 대충 기억나는 대로 노래를 부르고 있노라면 멀찌감치 앉아 있던 분이 다가와서 내게 책을 보여주셨다. 미사보를 쓰지 않은 여성이 있으면 여분의 미사보를 꺼내 그분에게 전달해달라고 부탁하는 분도 보았다. "언니는 몇 살이우?" "나 일흔 아홉이야." "어머, 나보다 어리잖아! 어쩐지 젊어 보이더라." 하는 할머니들의 귀여운 대화도 들었다. 그리고 《산 바람 하느님 그리고 나》라는 요절한 어느 부제의 유고집을 읽다가 주체할 수 없이 쏟아지는 눈물 때문에 황망했던 날, 성전 입구에 놓인 긴 의자에 앉아 마음을 달래는 동안 문득 알게 되었다. 이곳이 내게는 그 어느 성당보다 친숙하고 편안한 곳이 되었다는 사실을. 예쁘고 아름다운 성당도 좋지만, 친숙함과 편안함은 무엇과도 바꿀 수 없게 소중했다. 물론 그 친숙함과 편안함은 그 안을 채우고 있는 사람들이 내게 준 것이다.

주임신부님은 늘 재미있고 의미 깊은 강론을 해주셨다. 식상하거나 뻔한 이야기가 아니고 신선한 감동이 있는 강론이었기에 나는 게으름 피우지 않고 기꺼이 미사에 참여하였다. 그런데 뭔가에 익숙해지면 자만하고, 자만하면 반드시 사건이 일어나게 마련인 것인가. 세상에서 제일 무서운 사람은 책 딱 한 권만 읽은 사람이라는 말이 있다. 융통성 없이 오직 하나만 알고 둘은 모른다는 것. 결국 딱 한 가지만 알던 나도 일을 저지르고 말았다.

'교중미사'란, 원래 주임신부가 신자들을 위해 의무적으로 주일에 바쳐야 하는 미사다. 이것을 고지식하게 사전적 의미로만 파악했던 나는 주임신부님께서 2주째 교중미사를 주례하지 않으시는 것에 의문을 품었다. 왜 안 하실까, 왜 안 하시지? 무슨 일이지?

다른 미사는 상관없다. 어쨌든 주일 11시에 있는 교중미사를 주임신부님이 바치셔야 하는 게 아닌가! 혹시 짧은 평일미사만 하시고 시간이 오래 걸리는 주일미사를 기피하시는 건가? 그렇다면 이것은 직무유기다! 강론을 그렇게 재미있게 하시는 분이 왜 교중미사를 안 하시는 거야?

나는 무슨 비리라도 발견한 듯 옳다구나, 하고 별렀다. 그리고 어느 평일 아침, 미사 후 신자들과 인사를 나누고 계시던 주임신부님께 뚜벅뚜벅 다가갔다.

"신부님! 이번 주일에는 교중미사 하십니까?"

신부님은 아무 의심 없이, 천진난만한 얼굴로 대답하셨다.

"물론 하지! 세례식도 있어. 그런데 왜?"

"요즘 계속 교중미사 안 하셨잖아요."

내가 쓰는 '…잖아요'라는 표현에는 적잖은 비난의 뉘앙스가 포함된다. 살짝 비틀어대는 이 말투는 누가 들어도 별로 유쾌한 어법은 아니다. 솔직히 그 옛날 '맨 뒷자리에서 뭐하시는 겁니까?'라고 내게 호통쳤던 신부님께 차마 못했던 항의를 이제와서 '만만한' 본당 신부님께 '왜 의무를 이행하지 않는 겁니까?'라며 되받아치는 기분이었다. 신자에게 의무가 있다면, 신부님에게도 의무가 있는 것 아닌가. 신부님은 '글쎄, 내가 교중미사 안 하고 뭐했지?' 하는 표정으로 잠깐 허공을 쳐다보셨다가, 하늘을 우러러 한 점 부끄러움이 없음을 깨달으셨는지, 별안간 내 등을 후려치셨다.

"야외행사 가느라 그랬던 거잖아!"

그제야 나도 생각이 났다. 아차, 지방 각지에 나가서 미사를 드리는 여름 행사가 있었지. 나는 신자들만 모여서 행사에 가고 미사는 그곳에 계신 다른 신부님이 올리시는 것으로 생각했던 것이다.

하지만 엉뚱한 오해를 한 것도 무안하고, 맞은 등도 아프고 해서 나는 "폭력 신부님이신가요? 신자를 때리셨으니 고해성사를 하셔야 되는 거 아닌가요?"라고 또 항의를 하고 말았다. 남들은 존경과 사랑만 바친다는 신부님께 왜 난 허구한 날 항의와 원망만 내뱉는 것일까. 뒤늦게 어떤 반응이 돌아올지 겁이 나기 시작했다. 남미에서 살다 오셨다는 신부님, 보기보다 훨씬 다혈질이실 수도 있다. 정말 정색하고 화를 내시면 어쩌지? 결국 나는 예수님께 매달렸다. 신부님이라고 편애하시면 절대로 안 된다고. 나도 내 실수를 알고 있으니, 제발 아무 일도 없이 넘어가게 해달라고.

그 기도 덕분이었을까. 아니면 신부님께서 평소 말씀대로 사람은 누구나 겉과 안이 있고, 한 가지 모습이 전부가 아님을 알고 계셨기 때문이었을까. 신부님은 풋내기 신자의 억지를 웃음과 아량으로 받아주셨

독특한 검은색 십자가가 걸린 본당 성전의 주일미사 5분 전 모습. 그리고 환하게 웃을 때면 천진난만한 소년이 되어버리시는 오세만 바오로 주임신부님.

다. 장난기 가득한 목소리로 이렇게 화해를 요청해오신 것이다.

"설마 날 고소하려는 건 아니지?"

내가 책을 쓰고 있음을 아신 뒤로는 "열심히 해!" "잘될 거야!" "잘 쓰고 있어?" 같은 훈훈한 격려, 때로는 담당 편집자보다 더한 독촉까지 아끼지 않으셨다. 이 책이 그나마 빨리 나오게 된 것은 신부님의 격려로 포장된 엄청난 '채근' 덕인지도 모른다.

신부님께서 반포성당 출신의 신학생이셨다는 사실도 나중에 알게 되었다. 비록 신학생 시절의 신부님 모습은 기억나지 않지만, 내가 처음 돌아간 성당의 주임신부님이 하필이면 내가 다닌 유일한 성당의 신학생이셨다는 것은 놀라운 일이었다. 한 성당에서 세상으로 나온 두 사람, 한 명은 성직자로 꾸준히 외길을 걸었고 또 한 명은 신자의 의무도 팽개친 채 방황 속에 헤매었는데, 결국 또 다른 성당에서 다시 만나다니! 인생이라는 미로의 끝은 아무도 알 수 없는 것임을 알려주시기 위해, 예수님이 준비해주신 깜짝쇼 같았다. 이러한 인연으로 그 시절 우리를 돌보아주셨던 김영일 신부님, 소윤섭 신부님의 안부도 알 수 있었고, 내 세례식 사진 속에서 웃고 계신 그분들을 위해 기도할 수 있었다.

김웅열 신부님은 모든 사제는 예수님의 모습을 나누어가지고 있다고 하셨다. 나도 가장 자주 뵙는 본당 신부님의 뒤에 어떤 예수님이 계신지 알고 싶었다. 다행히 오세만 신부님의 뒤에서 나는 당당하고 솔직하고 꾸밈없는 예수님을 뵐 수 있었다. 진지한 가운데 유머와 여유를 잃지 않는 모습. 언제나 '라이브'로 진행되는 미사 중 어떠한 돌발상황이 일어나도 걱정이 되기보다 신부님께서 어떻게 이 일을 해결하실지 기대되기까지 했다. 이렇듯 유쾌한 신부님, 웃는 예수님이 가까이에 계신 것은 내 마음의 평화를 지켜주는 가장 큰 힘이 되었다.

2. 끝나지 않은 순례

지난해 7월 25일은 내 인생을 바꿔주었던, 산티아고 순례길의 주인공 성 야고보의 축일이었다. 그날 강론 중에 역시 순례길을 걸었던 오세만 신부님은 이런 말씀을 해주셨다.

"오랜 시간 걸어 마침내 산티아고 데 콤포스텔라에 도착했다고 해서 순례가 끝나는 것이 아닙니다. 영세를 받는 순간부터 우리들의 순례는 시작된 것이고 이것은 죽을 때까지 끝나지 않습니다. 순례는 완성이 없는 길이니까요. 다만 성지순례를 함으로써 보다 생생히 우리가 살아 있음을 체험하는 것이고, 그 체험을 지금 내 자리로 가져올 수 있어야 성지순례의 진정한 의미가 생겨나는 것입니다. 그때의 감동을 오늘도, 앞으로도 계속 간직하고 느낄 수 있도록 하십시오."

정말 그랬다. 산티아고를 향해 걷고 그곳에 도착한 것으로 순례는 끝나지 않았다. 그 경험은 오히려 순례의 시작이 되었다. 칠레로, 캐나다로, 또 이곳 우리 본당으로 순명을 지키며 옮겨다니신 신부님의 삶이 그랬던 것처럼. 나는 성당을 찾아다니면서 새로운 순례를 하였다. 그때마다 내게 다가온 생생한 감동은 차갑게 얼어 있던 내 마음을 녹이고 마침내 따스하게 품어주었다. 굳이 세계적으로 유명한 성지에 가지 않아도, 두어 시간 거리 떨어진 저 시골의 조용한 성당에서도 영혼은 새로이 타오를 수 있었다. 고작 집에서 1킬로미터 떨어진 성당에 오기 위해 산티아고부터 전국의 여러 성당을 돌아다녔나, 하는 생각을 하면 아찔해지기도 한다.

#3. 달라진 삶 그리고…

사람은 왜 태어나서 왜 살아가는 걸까? 어린 나를 혼란스럽게 만들었던 그 질문에 대한 명확한 답은 구하지 못했고, N선생님이 말씀하신 진리를 추구하며 살아가는 길은 아직 요원하며, 심지어 선생님의 특별 지령인 성경 완독도 다 수행하진 못했지만 나는 이 모순과 혼란과 갈등을 안고 살아가는 과정 속에서 삶의 아름다움과 신비를 찾아낼 수 있다는 희망을 품게 되었다. 아주 평범한 사람에게도 매일 기적은 일어날 수 있었다.

여전히 착한 신앙인으로서보다는 자유인으로서의 의지가 더 강하지만, 그 범주조차 포괄하시는 하느님이 계심을 알기에, 지금 이대로의 내 모습에 편안하고 당당할 수 있다. 세상 끝까지 도망치더라도 반드시 또 나를 잡아오실 테니까(제발 그래주시길).

삶이 얼마나 준열한 것인지 사람답게 사는 일이 어떤 것인지 가르쳐주신 N선생님, 아름다운 영혼의 모습을 내게 각인시켜주고 떠난 J선배. 당신들이 없었더라면 내 정신세계는 얼마나 삭막하고 무미건조했을지 두려워진다. 이 분들을 일찍감치 내게 보내주신 하느님께 감사하지 않을 수 없다.

내가 책 쓰는 일에 매달려 있는 동안 따뜻하게 나를 돌봐준 사랑하는 우리 가족과 한결 같은 모습으로 '나무'처럼 나를 지켜봐주는 오랜 지인들, 친구들, 나를 따뜻하게 맞이해준 성당 식구들, 특히 전례단 선배들에게 나와 같은 세상을 살아줘서 감사하다고 말하고 싶다.

이 책을 쓰면서 나의 삶은 근본적으로 달라졌다. 그런 가운데 포기해야 하는 것도 있었다. 하지만 예수님이 그랬듯, 사람들 모두 사랑을 위해서는 자기의 '피와 살'을 내놓는 정신으로 살아가고 있음을 알게 되었다. 부모는 자식을 위해, 성직자는 교회를 위해, 직업인은 일을 위해, 신자는 신앙을 위해 자신의 가장 소중한 것을 내놓으며 살아간다. 이 사실을 머리가 아닌 가슴으로 느끼고 받아들이게 된 것이 내겐 얼마나 큰 수확인지 모른다.

내가 성당을 찾아다니는 동안 좋은 말씀 들려주신, 한국 가톨릭의 보배와도 같은 수많은 신부님들께도 진심으로 감사와 존경을 전한다. 가톨릭계에 올림픽이 있다면 반드시 모든 분야에서 금메달을 따실 분들이다. 사랑 부문, 유머 부문, 학식과 지성 부문……. 이 멋진 분들이 항상 우리 곁에 있다는 사실만으로도 무한한 기쁨과 행복을 느낀다.

마지막으로 힐데가르다 성녀. 이제야 털어놓지만 세례명을 정해야 했던 순간, 삶에 대한 욕망이 그리 강하지 못했던 나는 제발 내가 너무 빨리 죽지 않게끔 나를 잡아달라고, 다른 무엇보다 오직 81세까지 장수했다는 사실에 무게를 두고 이 성녀의 이름을 골랐다. 성녀님이 여러 가지 뛰어난 능력을 가진 분이었음은 오히려 최근에 알게 되었다. 많은 위험과 나쁜 유혹에도 불구하고 내가 아직까지 살아서, 이 세상의 아름다움을 향유하는 건 나를 위해 함께 빌어주신 당신의 힘이었다.

이토록 신비로 가득한 세상, 어찌 사랑하지 않을 수 있을까.

나의 아름다운 성당 기행

첫판 1쇄 펴낸날 2010년 10월 15일
첫판 2쇄 펴낸날 2010년 11월 11일

지은이 | 조은강
펴낸이 | 지평님
기획 · 마케팅 | 김재균
기획 · 편집 | 김정희
본문 조판 | 성인기획 (070)8747-9616
필름 출력 | 하람커뮤니케이션 (02)322-5459
종이 공급 | 화인페이퍼 (031)955-0135
인쇄 · 제본 | 상지사P&B (031)955-3636

펴낸곳 | 황소자리 출판사
출판등록 | 2003년 7월 4일 제2003-123호
주소 | 서울시 종로구 누상동 10 웰빙하우스 101호 (110-041)
대표전화 | (02)720-7542 팩시밀리 (02)723-5467
E-mail : candide1968@hanmail.net

ⓒ 황소자리, 2010

ISBN 978-89-91508-72-9 03800

*잘못된 책은 바꾸어드립니다.
*이 책의 반품 기한은 2015년 11월 10일까지입니다.